EDGARDO



# LOIN D'OÙ

*roman*

*Traduit de l'espagnol (Argentine)*
*par*
JEAN-MARIE SAINT-LU

*Traduit avec le concours du*
CENTRE NATIONAL DU LIVRE

BERNARD GRASSET
PARIS

*L'édition originale de cet ouvrage a été publiée en 2009*
*par Tusquets Editores, S.A., sous le titre :*
LEJOS DE DÓNDE

Photo de l'auteur :
© Leandro Teysseire

Photo de couverture :
© Mark Hooper/Uppercut Images/Getty Images

ISBN 978-2-246-77141-8

# 1.

# Janvier 1945

*Our interest's on the dangerous edge of things —*
*The honest thief, the tender murderer...*

ROBERT BROWNING,
« Bishop's Blougram's Apology »

Elle fut réveillée par un souffle chaud sur son visage, une odeur forte qui des années plus tard, de l'autre côté de l'Atlantique, dans un autre hémisphère, demeurerait dans sa mémoire.

Avant même qu'elle n'ouvre les yeux, ce souffle chaud lui avait rendu tout ce que son sommeil avait mis entre parenthèses : engourdissement, jambes et pieds paralysés par le froid. Elle avait dormi enveloppée dans sa lourde capote militaire ; elle s'était couverte avec une toile de bâche et des sacs de jute trouvés dans un coin du hangar, et l'épuisement qui l'avait aussitôt abattue avait aussi tout de suite estompé le dégoût qu'elle avait ressenti devant l'odeur et la saleté accumulées par ces chiffons. Et maintenant elle était réveillée par un souffle animal, et c'était la chaleur de celui-ci qui la rendait à cette neige proche que quelques brèves heures de sommeil lui avaient permis d'oublier.

Elle ouvrit les yeux sans bouger. Le cerf la regardait fixement. Il avait un pelage roux et haletait. Il approchait son mufle pour la flairer : d'abord son visage, puis ses cheveux ; il finit par s'éloigner et sortit du hangar. Elle se redressa. La porte en bois du bâtiment était restée entrouverte ; à nouveau elle vit, sous un soleil faible, indécis de matin de janvier, la neige qui brillait et sur la neige les traces du cerf qui se perdaient entre les troncs blancs des bouleaux, et sur ces traces des taches rouges, sombres, de sang.

Elle écarta les sacs, la bâche avec lesquels elle s'était couverte, et se leva. Elle entrouvrit sa capote, fit glisser jusqu'à ses chevilles ses couches de sous-vêtements, s'accroupit et urina. Soulagée, elle mit son sac sur son dos et sortit dans l'air glacé de la forêt. Elle enfonçait prudemment ses bottes dans la neige, en évitant le givre qui entourait la base des arbres. Au bout de quelques mètres elle trouva, couché, haletant encore mais sans forces désormais, le cerf roux ; un de ses flancs était déchiré par des coups de dents. Que c'est étrange, penserait-elle des années plus tard, quand cette image la visiterait avec plus de ténacité qu'aucune autre : les loups gris ne laissent jamais échapper une proie avant d'en finir avec elle. Le cerf gémissait. Un réflexe de compassion la poussa à tirer de sa ceinture son couteau réglementaire, mais elle hésita à s'en servir pour soulager l'animal de ce reste de vie qui agonisait. Finalement, elle s'éloigna. Elle voulait atteindre la rivière avant la nuit et elle n'avait aucune idée de l'heure.

La rivière était gelée et dans sa partie la plus étroite il semblait possible de la traverser en quelques enjambées. Mais elle portait une vingtaine de kilos de lest cousus dans les pans de sa capote, déjà lourde en elle-même, et un sac sur son dos. Elle lança une pierre sur la surface lisse, lumineuse : bien qu'elle ait rebondi sans briser la glace avant de s'immobiliser, la jeune femme ne fut pas convaincue. Elle chercha un pont du regard. Au loin, tout près de la ville, sur une partie plus large de la rivière, elle distingua l'ombre noircie par le feu d'un pont coupé, dynamité sans doute pendant la retraite : ses tronçons s'enfonçaient dans la glace, mais il semblait possible, en s'y agrippant, de traverser la rivière sans mettre le pied sur la surface, peu sûre. Elle se mit en marche en direction de cette ruine.

Des panneaux de métal noirci, dont l'émail avait sauté, portaient encore les vieux noms, aujourd'hui annulés, de la ville : Cieszyn du côté polonais du pont, Český Těšín du côté tchèque, rayés tous les deux d'un trait noir ; plus haut, un autre panneau, récent, encore brillant malgré les impacts de balles, portait le nom allemand de la ville, Teschen, et dans un coin les armes impériales avec l'inscription victorieuse : Deutsche Reich. Mais elle ne prêta pas attention à ces informations ; elle les enregistra sans penser que des années plus tard elle se les rappellerait comme des données éloquentes du moment historique qu'elle avait vécu. Mais à ce moment-là, la seule chose qui lui importait était d'atteindre son but : Ostrava, d'où partaient probablement des trains, des trains dans lesquels, lorsqu'elle présenterait son sauf-conduit, qui la déclarait *Aufseherin* des services disciplinaires du Reich, on ne lui refuserait pas une place en direction du sud-ouest, de Brno, d'où il ne lui serait pas difficile de gagner Vienne.

La rue principale, ou qu'elle supposa telle à cause de sa largeur, de ses édifices publics à moulures et atlantes ennoblis par la suie, de ses commerces retranchés derrière leurs rideaux métalliques, avec des vitrines aveugles et des enseignes électriques éteintes, traces d'une activité passée, suspendue, était déserte. Elle avança sur la chaussée au milieu d'un silence qu'elle ne se serait pas attendue à trouver dans une ville. Un tramway incendié gisait sur ses rails, aussi imposant et anodin que la carcasse d'un animal préhistorique ; sur un de ses côtés était encore collée, lisible, une affiche de l'opérette *Das Land des Lächelns*, qui était donnée, ou avait été donnée, tout récemment encore, peut-être, au théâtre municipal. (« Le pays du sourire » : des années plus tard, elle jugerait ce titre ironique pour cet endroit et à cette date ; au moment où elle le lut, il ne la fit pas sourire). Au loin, dans un faubourg, on voyait des cheminées d'usines mais pas de fumée ; des particules de charbon, pourtant, flottaient dans l'air : elles s'étaient déposées sans pouvoir imprimer de points noirs sur la neige, et s'étaient plutôt dissoutes en lui donnant une patine couleur gris acier.

Elle cherchait un écriteau indiquant le chemin de la gare, bien qu'elle commençât à soupçonner qu'aucun train ne partait plus de la ville. Derrière une fenêtre d'un deuxième étage, elle vit une fillette dont le regard se perdait dans un lointain indéfini ; elle lui sourit et la salua d'un mouvement de la main ; il n'y eut pas de réponse, et en l'obser vant avec plus d'attention elle put voir que ses yeux étaient recouverts d'une membrane blanchâtre.

Elle avait froid. Avec discipline, elle ne mangeait qu'un carré par jour de la tablette de chocolat vitaminé réservée aux soldats qui évacuaient les restes des chambres à gaz. Elle avait quitté les bureaux de l'administration du camp le 25 décembre au matin, pendant que les quelques officiers qui ne l'avaient pas abandonné dormaient sans se réveiller malgré les rots à relent de schnaps, sous des décorations de Noël qui étaient arrivées de Berlin la semaine précédente, tresses de papier doré à tendre entre les branches des sapins, guirlandes de gui artificiel (*Kunststoff*), avec des baies rouges, à accrocher au-dessus des portes, petites lampes de couleurs que la décharge irrégulière des prises électriques du camp avait grillées.

Des semaines plus tôt, elle avait entendu les premières rumeurs sur l'avance de l'Armée Rouge. « Avant de te tuer, des douzaines de communistes et de Juifs vont te violer », lui avait murmuré à l'oreille, en riant, le caporal Grudke ; « imagine un peu l'odeur... » Comme elle avait appris à le faire chaque fois qu'une parole pouvait la compromettre, elle avait gardé le silence ; elle n'avait pas souri non plus, ni manifesté de peur. Elle savait que le caporal détenait les clés du dépôt où étaient stockés, parmi les sacs de toile grossière contenant les cheveux destinés à une fabrique de perruques et de postiches de Munich, d'autres sacs plus petits, en coton, fermés par un petit cadenas, remplis de dents en or. Elle avait planté ses yeux dans les siens et laissé paraître sur ses lèvres une ébauche de sourire : « Eh bien si c'est ce qui nous attend, buvons à notre dernier Noël... », avait-elle murmuré, en gardant, pleine de défi, son regard rivé dans les yeux du caporal, déjà bien alcoolisé. Il avait ouvert une autre bouteille de Malteser Kreuz. Elle y avait trempé les lèvres tandis qu'il vidait le sien. Plus tard, incapable d'avoir une érection, Grudke s'était effondré à côté d'elle, endormi. Elle avait lissé son corsage, qu'il avait tripoté, et s'était levée. Elle n'avait eu aucune difficulté à trouver la clé, attachée au ceinturon de l'uniforme du caporal.

Elle avançait maintenant de moins en moins convaincue d'avoir trouvé le chemin de la gare. Elle arriva sur une place déserte, qui avait dû être la place principale de la ville, et vit un chariot vide garé devant une petite porte, sur un côté d'une imposante façade. Le cheval, protégé par une couverture trouée, soufflait avec difficulté. Elle s'en approcha et lui passa une main sur l'échine : elle était chaude en dépit du froid ; aussitôt, elle se frotta le visage, d'abord une joue, puis l'autre, contre ces crins à l'odeur âcre qui lui transmirent un peu de chaleur. Elle ferma les yeux. Elle se dit qu'elle pourrait dormir comme cela, debout, la figure sur cet oreiller vivant, palpitant. Elle laissa passer quelques minutes jusqu'au moment où elle sentit que ses pieds, malgré ses bottes et ses chaussettes de laine, immobiles sur la neige, commençaient à s'engourdir.

Elle fut arrachée à ce demi-sommeil par une voix d'homme.

— *Was wollen Sie, was machen Sie hier?*

Elle fut sur le point de répondre en imitant le yiddish, ou plutôt l'une des variétés d'accent yiddish qu'elle avait apprises des prisonniers, mais elle réfléchit aussitôt : l'homme lui avait parlé en allemand, avec à peine une pointe d'accent tchèque.

— *Ich möchte nach Ostrau, nach Brün...*

— *Kommen Sie herein.*

L'homme ne l'invitait pas, il lui donnait un ordre, plutôt. Petit, avec une barbe d'un blanc jaunâtre, aussi décolorée que son bonnet de laine, il la conduisit, à pas rapides et sûrs, le long de couloirs et de galeries, de dépôts remplis de toiles enroulées, de cages dorées, de chaises tapissées de velours écarlate, avec un réverbère en carton et des objets qui tout d'abord lui semblèrent incongrus, et elle ne devrait comprendre que plus tard qu'il s'agissait de décors et d'accessoires de théâtre. L'agilité de son guide contredisait l'âge que suggérait son aspect. Ils finirent par arriver sur une plate-forme et elle découvrit devant elle un parterre à peine éclairé par les flammes de deux becs de gaz, de chaque côté de ce qu'elle avait reconnu comme étant une scène. Derrière eux pendaient encore des toiles poussiéreuses où la peinture craquelée représentait des pagodes, des saules pleureurs et un petit pont, de couleur rouge, sur une rivière turquoise. Au centre de la scène se trouvaient un réchaud à alcool et sur sa flamme une casserole et dans la casserole un mélange chaud, parfumé : eau-de-vie, clou de girofle et sucre brun.

L'homme prit deux tasses en fer-blanc et les remplit de grog. Elle le remercia d'un sourire, sans parler. Pour la première fois depuis qu'elle avait quitté le camp, elle commença à se sentir en sécurité, face à un inconnu, paradoxalement, sur la scène d'un théâtre abandonné, no man's land, refuge d'une fiction bon marché. Elle pensa qu'elle pourrait y faire une halte, se reposer peut-être. Trois jours plus tôt, elle avait choisi un passeport avec le mot « Jude » apposé en lettres gothiques par un tampon de caoutchouc, en travers du nom de Taube Fischbein, une femme qui était passée dans la chambre à gaz le mois précédent. Personne ne remarquerait la disparition de ce document : c'était elle qui était chargée de les brûler, tous les lundis. La photographie, prise en des temps moins funestes, montrait un visage souriant ; la description disait cheveux châtains, yeux marron, comme les siens. Comment justifier que, bien qu'elle fût maigre, elle n'avait pas l'air d'avoir subi de privations ? Sans optimisme excessif, elle avait pensé qu'elle pourrait l'expliquer, en simulant une honte de rigueur, par son emploi comme Juive chargée de la discipline d'un quelconque pavillon : les kapos avaient droit à des rations supplémentaires.

Ils s'assirent sur de petits bancs autour du réchaud, il lui expliqua que la plupart des lignes de chemin de fer étaient interrompues ou fonctionnaient de façon irrégulière, sans horaires fixes, que seuls quelques convois militaires de la Wehrmacht passaient par la gare d'Ostrava. Il pouvait l'emmener jusqu'à Brno dans son chariot : il devait rapporter au théâtre de cette ville, sans plus attendre, la scénographie de l'opérette qui était encore donnée à Teschen cinq jours plus tôt. Ce scrupule de ponctualité au milieu du chaos ne sembla pas absurde à la jeune femme : au camp, même, de nombreux employés, y compris ceux qui étaient chargés de vider les chambres à gaz, s'appliquaient à respecter les tâches et les horaires quotidiens, et si quelqu'un mentionnait devant eux l'avancée de l'Armée Rouge, ils répliquaient avec indignation qu'il ne s'agissait que de rumeurs, diffusées de Londres par la juiverie internationale.

Elle proposa son aide pour empaqueter kimonos et éventails, enrouler des rideaux de scène que des couches de peinture successives avaient rendus de plus en plus raides, et où s'écaillaient graduellement des paysages orientaux. L'homme la refusa d'un geste bref qui résumait sa fierté professionnelle (« moi, je sais comment il faut faire ») et lui conseilla de dormir dans l'une des loges pendant qu'il finissait son travail. Elle s'allongea sur des fauteuils qu'elle plaça bout à bout et, après s'être distraite un moment à observer les cafards qui circulaient sous le feutre rouge du bord, elle s'endormit malgré l'inconfort de sa position. Elle se vit en train de marcher dans la Vienne de son souvenir, que dans son rêve elle voyait prospère et allègre comme elle ne l'avait jamais connue, comme elle ne l'avait plus été depuis la fin de l'autre guerre. Elle avançait dans la neige, sans froid ni effort, comme si elle ne transportait pas, cousus dans les pans de sa capote militaire, vingt kilos de dents en or. Elle cherchait, à cinquante mètres du Schottenring, le bijoutier qu'elle avait entrevu dans son enfance, l'homme avec qui couchait sa mère. Lui devrait la reconnaître : il la laissait jouer, elle, la fille de sa servante, avec des colliers et des bracelets de fantaisie pendant que les grandes personnes faisaient grincer le divan de l'arrière-boutique et que sur le côté intérieur de la porte se balançait un carton annonçant MITTAGSPAUSE. Oui, il serait obligé de lui acheter le butin qui lui permettrait de fuir l'Europe avant que l'Europe ne disparaisse à tout jamais sous le joug des Soviétiques et des Américains. Elle ne connaissait rien à la politique, elle savait seulement que tout le monde se débrouillerait pour survivre sous les nouveaux maîtres, sauf elle et les siens, marqués par des activités que les Juifs ne pardonneraient pas.

Ce rêve, empreint d'impatience et de désirs si forts qu'ils effaçaient toute angoisse, toute incertitude, devait revenir plusieurs fois, après qu'elle aurait quitté le refuge de la loge pour s'installer sur le siège de la voiture, dont chaque cahot la réveillait entre des arbres blancs, squelettiques. Elle entrevoyait sur le bord du chemin des individus, des familles entières qui traînaient dans la neige des carrioles recouvertes de bâches, chargées sûrement de biens qu'elles imaginaient sauver du désastre. L'homme – à un certain moment, elle se rendit compte qu'elle ne connaissait pas son nom, qu'elle s'était confiée à un inconnu, à un grog et à une loge de théâtre où se reposer – excitait son cheval sans obtenir autre chose qu'un trot fatigué, des ébrouements spasmodiques, aucune énergie. À la tombée de la nuit le vent se leva et la neige commença à leur fouetter le visage.

Dans les faubourgs d'Ostrava, ils dormirent dans une écurie. L'homme attacha les rênes du cheval à son bras droit pour se réveiller si on essayait de le lui voler. Quand elle ouvrit les yeux, il était déjà debout et mettait dans la bouche de l'animal du picotin qu'il avait découvert, entassé dans un coin. Le cheval mâchait sans enthousiasme. Elle se souvint alors que l'homme avait payé pour ce logement sommaire et probablement aussi pour cet aliment déjà sec ; elle tira d'une de ses poches de devant sa tablette de chocolat vitaminé et lui en offrit un carré. Il l'examina sans dissimuler son admiration.

— *Schweizer Schokolade !*

Et pour justifier sa réaction il chercha dans une poche le reste d'un biscuit recouvert de chocolat. Sur le papier d'emballage on pouvait lire la marque Olza. Il la lui montra en riant. Ce nom, qui pour tant de Polonais et de Tchèques était celui du chocolat le plus populaire, était simplement pour elle celui de la rivière qu'elle avait dû traverser entre les deux sections de Teschen.

Un soleil timide se frayait un passage entre les nuages. Ils étaient de nouveau assis sur le siège, la voiture avait à peine parcouru une centaine de mètres, quand soudain, sans le moindre gémissement avant-coureur, le cheval s'affaissa et la voiture versa sur le côté, une partie de son chargement répandu sur le pavé. Plus surprise qu'effrayée, elle se releva et observa l'homme qui se penchait sur le cheval, lui parlait, le caressait, avant de se coucher sur lui pour pleurer.

Elle ne s'attarda pas dans ce moment de deuil. Elle parcourut du regard le faubourg au milieu duquel elle se trouvait, jusqu'à ce qu'elle découvre une silhouette qui se déplaçait rapidement, plaquée contre le mur sur le trottoir d'en face, tête baissée, sans s'intéresser aux pleurs et à la mort, au milieu de la chaussée : une femme dont la tête et les épaules étaient enveloppées dans un châle. Elle s'approcha d'elle et sans hésiter lui demanda en allemand la direction de la gare. La femme ne leva pas les yeux ni ne parla. D'un signe de la main, elle indiqua une direction et continua son chemin. Elle regarda une fois encore l'homme qui pleurait sur le cheval à terre. Puis elle s'éloigna.

Elle devait se rappeler cette image, devant laquelle elle ne s'était arrêtée que quelques secondes, plus nettement que les épisodes suivants : le manège abandonné dans lequel elle avait dormi, aux environs de Brno, d'abord assise dans un minuscule coupé qui avait jadis été peint en blanc et or ; puis, quand le froid l'avait obligée à chercher un abri, dans le cylindre central, au milieu d'une odeur de métal rouillé et de crottin sec ; les heures étendues sur un banc de bois dans la salle d'attente des troisièmes classes de la gare de Brno, par où nul train ne passait. Le chef de gare avait voulu l'en déloger, celui-là même qui, après avoir essayé de la renvoyer dehors, avait eu pitié d'elle et l'avait invitée chez lui, un petit pavillon à l'architecture de fantaisie édifié à une extrémité du quai ; la soupe aux navets et au chou que sa femme lui avait servie et, surtout, le bain chaud qu'on lui avait proposé, et qu'elle avait hésité à accepter par peur de se défaire de la capote où elle transportait toutes ses perspectives d'avenir, jusqu'à ce qu'elle se décide enfin à s'asseoir dans une espèce de cuvette, au milieu de la cuisine, sa capote bien visible sur une chaise proche.

Au soulagement d'une hygiène élémentaire avait succédé le dégoût de se rhabiller avec des vêtements sales, qui la piquaient maintenant sur sa peau propre, et qui empestaient, ce dont elle ne s'était pas rendu compte jusque-là. Elle s'était demandé ce qui lui faisait mériter, pour la deuxième fois, l'hospitalité d'inconnus. Ils ne pouvaient pas la prendre pour une Tchèque... Sympathisaient-ils avec l'occupant allemand ? Et s'ils pensaient qu'elle était juive ? Pendant que la femme du chef de gare acceptait son aide pour faire la vaisselle, elle entendit pour la première fois, dans l'allemand approximatif dans lequel la femme ne prononça que quelques mots, que l'un répondait à ses interrogations :

— ... *eine Vertriebene*...

Oui, c'était cela : ils la prenaient pour une fugitive, et cette condition importait plus que son identité enregistrée sur n'importe quel document, plus que les pouvoirs en conflit auxquels elle voulait échapper : aux yeux d'autrui, c'était une femme qui fuyait, et cela suffisait.

Trois jours plus tard, après être montée dans des wagons de marchandises d'où elle avait été expulsée lors d'un arrêt en rase campagne, après avoir marché de nouveau, obtenu de monter sur le siège d'une charrette qui ne transportait plus des accessoires de scène mais de la luzerne et quelques maigres légumes, elle arrivait enfin à Vienne : ville sombre, avec peu de monde dans les rues, où la plupart des boutiques semblaient n'avoir pas relevé leur rideau de fer depuis très longtemps.

Elle eut l'impression que son aspect négligé, sa capote sale, ses bottes boueuses, attiraient l'attention des rares passants qu'elle croisait. C'était quelque chose qu'elle n'avait pas senti en traversant Ostrava ou Brno : les Viennois, pensa-t-elle, n'ont pas encore vu de fugitifs de l'Est, ils ne sont pas habitués à ces présences fuyantes, à ces regards où cohabitent la méfiance, l'astuce et un désespoir à peine dissimulé.

Tandis qu'elle marchait en direction du Donaukanal, elle ne put s'empêcher de penser qu'elle traversait un district qui avait jadis été le quartier juif, et elle était rassurée à l'idée de savoir que désormais Leopoldstadt était *Judenrein*, nettoyée de ses Juifs, rendue aux vrais Autrichiens. Elle descendait la Nordbahnstrasse quand elle vit une affiche qui annonçait SOLDATENHEIM. Elle n'hésita pas à entrer et à demander de l'aide. Tout en parlant, elle eut l'impression de n'avoir aucun mal à convaincre le sous-officier chargé du foyer : lignes interrompues, trains de marchandises qui ne s'arrêtaient pas, tout l'empêchait de retourner au camp où elle était affectée, et d'où elle était partie une semaine plus tôt pour passer Noël dans sa famille à Klagenfurt. Elle crut percevoir un éclat ironique dans les yeux de son auditeur muet. Était-il possible qu'il ait deviné la vérité ?

Quoi qu'il en fût, elle put laver dans ce Soldatenheim les affaires qu'elle portait depuis plus d'une semaine, se changer avec les vêtements propres qu'elle avait dans son sac, arranger un peu sa coiffure, se préparer pour affronter le jour suivant le bijoutier de la Whäringerstrasse. Ce soir-là, avant de se réfugier dans sa chambre, dans ce luxe inédit que signifiait un matelas, un édredon en piteux état mais protecteur, elle s'attarda dans la salle commune, à observer d'un air distrait les soldats qui jouaient au billard. Au mur, de grandes lettres gothiques annonçaient que cet endroit était *Ein Heim fern der Heimat*, et le fait est que les décorations de Noël, qui n'avaient pas encore été retirées, les mêmes guirlandes bon marché et les feuilles de gui artificielles qui décoraient le camp, lui semblaient maintenant moins déplacées dans ce « foyer loin du foyer ».

Les soldats et les sous-officiers plaisantaient et riaient souvent, comme s'ils ignoraient tout du danger qui approchait. On savait au camp que des mois plus tôt, lors de l'été précédent, Paris avait été occupé par les Américains et que la Wehrmacht avait dû se replier vers l'Alsace ; qu'à l'Est, même si personne ne voulait l'affirmer avec précision, l'armée soviétique avançait sans cesse. Ces nouvelles, qu'on murmurait au camp avec prudence, n'avaient pas l'air d'être arrivées au Soldatenheim. La défaite n'était-elle pas inéluctable, peut-être ? S'était-elle laissé influencer par l'isolement, par l'angoisse infiltrée dans le camp ?

D'un disque bien usé lui parvenait une voix de femme : elle chantait en allemand, avec un très léger accent impossible à identifier, une mélodie exotique au rythme de habanera. Quelques soldats et sous-officiers se turent pour mieux l'écouter, et une expression rêveuse envahit ces visages peu sensibles. Timidement, elle demanda qui chantait.

— *Kennen Sie Rosita Serrano nicht, die chilenische Nachtigall ?*

Non, elle ne connaissait pas ce « rossignol chilien », et le Chili n'évoquait dans son imagination rien de différent d'autres noms sud-américains, tous confondus dans des images de calendrier, douteuse synthèse tropicale où se mêlaient chaleur, palmiers et couleurs vives.

À ce moment-là, tandis qu'elle écoutait une chanson intitulée *Roter Mohn*, rien ne lui laissait présager que son périple se terminerait dans un pays voisin du Chili, et tout aussi dépourvu de la langueur tropicale que lui avaient promise les illustrations de tant de romans-feuilletons, lus avec assiduité dans les revues féminines d'une époque moins funeste. Elle ne pouvait imaginer aucun port de destination, uniquement la fuite devant une vengeance inévitable. Sa confiance immédiate reposait sur la personne de ce bijoutier avec qui couchait sa mère, un homme qui pourrait lui échanger vingt kilos de dents en or contre un sauf-conduit, un billet, une promesse de sécurité.

La bijouterie de la Währingerstrasse n'existait plus. Dans la boutique qu'elle se rappelait sans erreur possible était installée une pâtisserie ; en vitrine, quelques tartes et cakes occupaient la place où, enfant, elle ne se lassait pas d'examiner bijoux de fantaisie authentiques et faux vrais bijoux ; à l'intérieur, trois petites tables tenaient lieu de salon de thé. Une femme mûre, tablier d'un blanc éclatant et épingles dans les cheveux, semblait attendre des clients que la dureté des temps rendait bien rares. Son visage s'éclaira quand elle la vit entrer, mais retrouva aussitôt son scepticisme quand elle remarqua la façon dont était habillée l'inconnue.

Lorsque cette femme vêtue d'une capote militaire incongrue l'interrogea au sujet du bijoutier Ezechiel Lanzmann, ce scepticisme se transforma en perplexité. Non, la dame ne le connaissait pas, elle n'avait jamais entendu ce nom, tout ce qu'elle savait c'était que la boutique était libre quand elle l'avait louée, au printemps 1941. Après une pause, devant le silence qui avait accueilli cette information, et comme pour mettre un terme à une entrevue qui devenait gênante, elle ajouta qu'avec un nom pareil on pouvait imaginer que l'individu en question avait préféré quitter Vienne.

La jeune femme comprit alors ce qu'elle n'avait jamais imaginé : Lanzmann était juif... Sa mère n'avait pas seulement couché avec un Juif : elle avait été sa servante... Elle fut assaillie de sentiments confus : elle souhaita qu'elle ait été forcée de le faire, elle voulut chasser de sa mémoire les sourires avec lesquels sa mère le saluait et le quittait, la chanson qu'elle entonnait (*Bei dir war es immer so schön*) quand elles allaient toutes deux main dans la main jusqu'à l'arrêt de tram qui devait les ramener au minuscule appartement du XXIII^e district. Sa mère et un Juif... Sans dire au revoir, elle sortit en courant presque, comme pour mettre de la distance avec la scène d'une humiliation rétrospective, qui salissait le souvenir de son enfance.

Bien qu'il eût commencé à neiger, elle s'assit sur un banc du jardin de la Votivkirche. Elle respirait avec difficulté. Durant un moment, elle s'était laissé distraire de son plan ; elle s'efforçait maintenant de reléguer dans un recoin accueillant de sa conscience la dégradante révélation, elle cherchait à s'accrocher à la réalité plus urgente. Si, comme elle avait entendu le dire à voix basse le cuisinier du mess des officiers du camp, les Russes devaient atteindre ce dernier dans un délai d'une semaine ou deux, ils ne mettraient pas beaucoup plus d'un mois à atteindre Vienne.

Elle regarda sans nostalgie la ville où elle était née et qu'elle était maintenant impatiente de laisser derrière elle : elle percevait une étroitesse, une incertitude, impalpables mais impossibles à confondre, dans ce qui avait été une capitale exultante au moment où elle s'était unie au Reich, où elle était devenue son Ostmark. Elle avait agité un petit drapeau avec la croix gammée sous les balcons de l'hôtel Imperial, décorés d'autres drapeaux et de croix gammées, énormes celles-ci ; à l'un de ces balcons était apparu le Führer pour saluer son peuple, hier abandonné, aujourd'hui retrouvé.

Qu'est-ce qui l'avait conduite en ce lieu ? Pas une idée politique, assurément, mais pas non plus le plaisir d'une distraction gratuite un jour férié, peut-être la simple satisfaction de sentir qu'elle faisait partie d'une foule fervente, enivrée par la promesse, aussi intense qu'indéfinie, d'un avenir qui effacerait la faim et la misère imposées par les vainqueurs de 1918.

Presque sept ans après ce midi de mars 1938, une fois retombé l'enthousiasme et dissipée l'illusion d'un nouvel empire, les habitants de sa ville s'obstinaient à vivre une caricature de vie normale, aveugle. L'animation réduite de la rue était bien sûr celle de gens qui allaient à leur travail ou rentraient chez eux. Dans une mairie, un couple se mariait, dans un hôpital une mère accouchait.

Rien de tout cela ne pouvait la consoler. Maintenant, assise sur un banc entouré de neige, elle eut l'impression que sa capote était plus lourde que dans les chemins bourbeux de Silésie, ou que lorsqu'elle traversait une rivière de glace agrippée aux ruines d'un pont bombardé. Elle ne pouvait plus garder sur ses épaules le poids de la charge cachée dans les pans de son manteau. Elle ne pouvait pas non plus rester indéfiniment au Soldatenheim. Elle se leva et se mit en marche avec une force renouvelée, sans but maintenant.

## Janvier 1945

Elle avait faim. Elle entra dans une boulangerie et regarda fixement la fille, très jeune, qui y servait. Elle murmura, surprise par l'accent plaintif qu'elle entendait pour la première fois dans sa voix :

— *Ich habe kein Geld.*

La serveuse soutint son regard durant ce qui lui parut un long moment. Puis elle disparut dans l'arrière-boutique et revint avec un sandwich au saucisson. Elle le lui tendit sans un mot. La jeune femme l'accepta. Elle ne sut que dire, comment remercier. Elle essaya de sourire. Jamais on ne lui avait donné quelque chose qu'elle n'ait pas dû payer.

Quand elle sortit, quand elle revint dans le froid et la neige, ses paupières commencèrent à lui faire mal : ses yeux étaient humides.

Quelques mois plus tard, sur le banc où cette femme abattue, effrayée, avait cherché un peu de repos lors d'une pause dans sa fuite, ou sur un autre, identique, du Volkspark, il y aurait des cadavres. Pas de neige, cette fois, mais un printemps très vert qui coïncida avec la fin de la guerre.

Ils seront photographiés, dans les premiers jours de l'occupation soviétique à Vienne, par le jeune Evgueni Khaldei, qui suit l'Armée Rouge comme correspondant de l'agence Tass. On voit sur sa photo trois cadavres, dont deux assis, le troisième à demi couché sur des bancs contigus. L'habillement de ces personnes est correct : manteaux de drap, jambes gainées de bas foncés, knickerbockers dans un cas, chaussures simples. La bouche de la femme à demi couchée n'est pas visible : elle est cachée par son épaule, mais les deux personnes assises ont la tête renversée en arrière, les yeux fermés et la bouche grande ouverte, comme dans une ultime, inutile respiration. Il n'y a pas de traces de sang, ni d'aucune violence. Il paraîtrait plausible qu'ils se soient empoisonnés.

C'était Khaldei qui avait pris en mai 1945 la célèbre photo du soldat qui plante le drapeau soviétique sur le toit en ruine du Reichstag. Pendant l'avance de l'Armée Rouge, son regard infaillible laissa des témoignages de quelques-uns des moments les plus éloquents de ces premiers jours de l'après-guerre : devant l'aéroport de Tempelhof, à Berlin, deux hommes dépècent un cheval mort sous le regard d'un passant qui ne s'arrête pas ; à Vienne, un autre passant (manteau noir, barbe blanche, chapeau, canne) observe de la chaussée les cadavres qui gisent sur un trottoir, devant les rideaux métalliques baissés d'une boutique de mode ; dans le ghetto tout juste libéré de

Budapest, un couple de Juifs avec l'étoile de David encore cousue sur ses manteaux fait face, mi-souriant mi-méfiant, à l'objectif du photographe.

Khaldei avait alors vingt-huit ans. Il était né dans une famille juive d'Ukraine, et était le benjamin de six enfants. Il avait un an quand une balle tirée par des officiers lors d'un pogrome avait frôlé sa tempe et tué sa mère, qui le portait dans ses bras. Adolescent, il s'était fabriqué un appareil avec des lentilles qui avaient appartenu à sa grand-mère et s'était exercé en prenant des photos de ses sœurs. Il avait quinze ans quand un journal de sa ville publia pour la première fois ses photos de mineurs et d'ouvriers des aciéries locales. À dix-neuf ans, il travaillait déjà pour l'agence Tass, et quand l'Union soviétique entra en guerre contre l'Allemagne il fut envoyé au front, avec le grade de lieutenant de l'Armée Rouge, pour enregistrer les différents épisodes de la « Grande Guerre Patriotique ». Il servit sous les drapeaux pendant mille quatre cent quatre-vingt et un jours, depuis Mourmansk, sur l'Arctique, jusqu'à Sébastopol, sur la mer Noire.

Sur un cliché, pris d'un angle différent, du même groupe de personnes mortes sur deux bancs du Volkspark, on voit le cadavre d'un homme à terre, pas très loin des trois autres. Un ouvrage français cite un « témoin oculaire » non identifié pour expliquer que cet homme, désigné comme le père de famille, arborant une médaille des membres du Parti national-socialiste, un revolver près de la main avait, avant de se suicider, tué sa femme, son fils et sa fille, qui le suppliait de ne pas le faire.

Cette même prise de vue devait être publiée, créditée par une agence espagnole sans nom d'auteur, dans le journal *El País* de Madrid daté du 8 mai 2008 : elle illustrait une note sur l'anniversaire de la capitulation du Reich et avait pour légende « Suicide d'une famille allemande suite à l'entrée de l'Armée Rouge ».

Soixante ans suffisent à brouiller toute identité, et plus encore celle d'individus anonymes.

DER FÜHRER, EIN KIND AUS ÖSTERREICH, proclamait une affiche fanée, punaisée au mur de l'arrière-boutique. Sans curiosité, cherchant à se distraire du lent examen auquel se livrait le bijoutier, elle fixait des yeux cette image si souvent vue où le Führer, souriant, caressait la petite tête blonde d'un enfant dont la main levée tenait un drapeau à croix gammée.

L'homme avait ajusté à son œil droit, comme un monocle, une loupe volumineuse, semblable à celle d'un appareil photo ; son expérience, l'adéquation de sa grimace à l'ajustement de l'instrument expliquaient sans aucun doute que le poids de ce dernier ne le fasse pas quitter cette position précaire. Avec des gestes précis, sans hâte, ses mains couvertes par de fins gants de coton opéraient sur une table, dans le cercle de lumière projeté par une lampe dont l'abat-jour olivâtre, en verre, se découpait dans l'obscurité de la pièce. Ces mains séparaient les dents, puis les réunissaient en différents monticules : il y en avait de brillantes, où l'or semblait garder son éclat originel ; d'autres étaient rendues opaques par une saleté qui n'était pas toujours identifiable ; elle pouvait être noire, et dans ce cas le bijoutier la nettoyait avec un chiffon à peine humide, et si ce traitement ne suffisait pas, il la grattait doucement avec une pince jusqu'à ce que la couche noire se défasse en une poussière très fine. Il souriait alors, et en regardant la jeune femme avec une expression rassurante, il disait :

— *Blut, nur trockenes Blut.*

Puis il plaçait sur une petite balance un des petits monticules qu'il avait formés ; il choisissait avec soin le poids qu'il essayait sur l'autre plateau jusqu'à ce qu'il ait trouvé celui qui obtenait l'équilibre et notait le résultat dans un carnet. La jeune femme avait perdu toute notion du temps qu'elle avait passé dans cette pièce étroite, plus d'une heure assurément, quand l'homme tint son examen pour terminé, ôta la loupe de son œil droit avec un raclement de gorge soulagé et sourit. Il n'avait pas l'air fatigué. Il entreprit de lui expliquer la difficulté qu'il y avait à évaluer sa cargaison : certaines pièces étaient en bon état ; pour d'autres, l'or, extrêmement usé, ne pouvait être utilisé qu'en alliage avec des matériaux moins nobles. Bref : ignorant les espoirs qu'elle avait fondés sur sa valeur, il pouvait lui assurer « avec une honnêteté absolue » qu'il ne pouvait lui offrir, pour l'ensemble, que la somme qu'après une brève pause et une énième consultation de son carnet, il lui annonça en la regardant fixement, sans sourire maintenant.

Au camp, elle avait entendu murmurer qu'il convenait de se débarrasser des Reichsmark avant que la défaite (mot imprononçable à voix haute mais peut-être pour cette raison même de plus en plus fréquent chez les sous-officiers et les gardes) ne décrète leur violente dévaluation, et même leur caducité. La somme que l'homme lui annonçait lui sembla infime, mais elle ne se sentait pas désarmée au point de l'accepter sans discuter.

Elle demanda des francs suisses ou des dollars. Le bijoutier parut surpris par une telle prudence de la part d'une femme dont l'aspect et le vocabulaire ne laissaient supposer aucune expérience commerciale. Il hésita un instant et, après avoir expliqué que les dollars étaient pratiquement introuvables par les temps qui couraient, il lui proposa un montant en francs suisses qu'elle ne sut pas évaluer ; en revanche, elle sut qu'elle ne serait pas capable de remporter les vingt kilos de dents en or, placés dans un sac et non plus dans les pans de sa capote, et de chercher un autre bijoutier, qui pourrait être moins discret : celui-ci, quand elle lui avait annoncé qu'elle voulait vendre de l'or, l'avait à peine scrutée un instant avant de la faire passer, sans répondre, dans son arrière-boutique.

Elle n'avait jamais vu de francs suisses. Sur les billets que le bijoutier tira avec une certaine retenue d'une boîte de métal, en faisant tourner lentement la clef dans la petite serrure, elle examina non seulement l'image d'un laboureur en manches de chemise, qui brandissait une faucille au milieu d'un champ dans un paysage de montagnes qui se multipliaient sans découvrir d'horizon, et sur l'autre face le visage mélancolique d'une femme aux lèvres et aux sourcils très fins, encadré par un ovale de perles ; elle s'arrêta surtout sur la dénomination : sous les mots rassurants en allemand, il y avait des inscriptions dans des langues inconnues qui – lui dit le bijoutier – étaient aussi parlées dans la confédération et reconnues comme langues nationales.

Quel pouvait être ce pays sans langue mère, ou avec plusieurs ? Après un instant de méfiance, elle se décida à ranger les trois billets bleutés, verdâtres, de cent francs, auxquels, dans un élan inattendu, l'homme en ajouta un autre, de vingt francs celui-là, en l'accompagnant d'un sourire et d'un souhait de bon voyage.

Ces derniers mots l'inquiétèrent. Qu'y avait-il dans son aspect, dans sa conduite, dans ses paroles, qui dénonçait son intention de fuir ? À Brno, la femme du chef de gare avait murmuré « une fugitive » et par ce mot elle avait compris la raison pour laquelle elle aidait une inconnue ; maintenant on ajoutait au paiement convenu une somme – petite ou généreuse, elle ne pouvait le savoir – et un souhait de bon voyage… Cet homme avait à coup sûr compris l'urgence de la transaction, l'ignorance de la valeur réelle de ce qu'elle avait accepté d'échanger contre quelques billets qui ne la mèneraient peut-être pas loin. Il était trop tard pour revenir sur la négociation et, de toute façon, elle n'avait plus de forces. Elle examina une fois de plus ces billets polyglottes qui lui inspiraient de la méfiance, puis les plia et les rangea dans l'ourlet de son jupon, qu'elle assura avec une épingle de nourrice.

Cette nuit serait la dernière qu'elle passerait au Soldatenheim. Cela faisait des années qu'elle n'allait plus à la messe, mais quand elle se rappela l'église paroissiale de la Schreckgasse, où elle avait fait sa première communion, avec cette image lui revint le modeste quartier où elle avait vécu avec sa mère, et sa mémoire revêtit ces lieux d'une aura d'affection, de chaleur qui durant un instant effaça le sentiment d'humiliation que lui avait laissé sa visite à la Währingerstrasse.

À l'église, décida-t-elle, on pourrait l'écouter et la conseiller, probablement l'aider, peut-être la sauver.

Cette femme qui, dans les premiers mois de 1945, sans la protection de complices ou de supérieurs, choisit de survivre et tente d'échapper à une menace qui peut sembler démesurée, sans relation aucune avec l'humilité de sa condition, ne se trompe pourtant pas : ce sont les indifférents, les simples spectateurs, et pas seulement les employés aux écritures, qui courent le danger d'être les premiers sacrifiés, anonymement, brutalement ; les vainqueurs mettront en scène, devant un public de journalistes, de diplomates et des caméras, des jugements qui se voudront exemplaires pour condamner quelques protagonistes.

À cette femme, le curé du quartier de son enfance à Vienne a conseillé d'aller directement à Gênes, ville où « nous avons des amis », et lui a donné une lettre pour le curé de Santo Stefano ; malgré tout, impatiente, elle est descendue à Trieste, où un vent glacial ravage le Molo Audace. Les quais sont déserts et sur la Piazza Unità d'Italia, on ne voit que des patrouilles de la Wehrmacht, armes à la main, sur le qui-vive. Peu de monde dans les rues, les gens marchent d'un pas rapide et silencieux, plaqués contre des immeubles aux fenêtres fermées. Tout cela lui semble une version en plus grandes dimensions de ce qu'elle a vu, quelques semaines plus tôt, dans les faubourgs d'une petite cité morave, et bien que certaines façades lui rappellent Vienne, cette réminiscence ne la rassure pas. Il lui suffit de quelques heures à peine pour comprendre que le vieux port de l'Empire où elle est née est aujourd'hui une ville maudite, qu'aucun bateau n'en part pour cette Amérique que certains disent du Sud et d'autres latine, continent que la guerre n'a pas touché, où elle croit qu'elle pourra trouver de la sympathie, et peut-être l'oubli.

Elle ne connaissait pas la ville. Trist... Ce nom parfois entendu dans son enfance est celui d'un port d'où sont partis des habitants plus pauvres encore que sa famille ; ils se dirigeaient vers des pampas et des forêts que son imagination trop pauvre confond avec d'autres noms exotiques : Argentinien, Paraguay. Elle sait, cependant, parce que la nouvelle en est arrivée au camp, que les ennemis ont débarqué dans le Sud de l'Italie et qu'ils avancent vers le nord ; elle sait aussi que l'Allemagne a sauvé l'allié italien soumis, trahi par ses propres compatriotes, et qu'elle l'a installé quelque part dans le Nord, non loin de la Suisse, non loin de l'Autriche, mais si on lui disait que cet endroit a été baptisé République sociale italienne, ou si l'on prononçait devant elle le nom de Salò, elle ne saurait pas de quoi on lui parle.

En revanche, elle comprend que les troupes allemandes se sont repliées vers cette étroite frange frontalière : c'est pour cela qu'elle voit tant d'uniformes dans les rues de la ville. Elle apprendra plus tard, à Gênes, que Trist doit être la dernière ville d'Italie où les siens résisteront jusque début mai, que quelques semaines avant de se rendre ils feront sauter les fours crématoires d'une usine, moulin à riz où ils avaient installé un camp qui reproduisait, à échelle réduite, celui dans lequel elle a travaillé, dans le sud de la Pologne. La Risiera di San Sabba… Non, ce ne sont pas là des mots que quelqu'un prononcera durant les jours qu'elle passera dans la ville.

Bien qu'elle l'ait lavée au Soldatenheim, la capote militaire qui la couvre n'a pas perdu son aspect piteux, incongru sur les épaules affaissées d'une femme encore jeune qui en quelques semaines a traversé plusieurs frontières, poussée par la peur. C'est, peut-être, ce qui attire l'attention d'une patrouille. On l'interroge et elle doit exhiber le sauf-conduit qui la déclare *Aufseherin* dans les services disciplinaires du Reich. Son bon allemand inspire confiance. Un des sous-officiers lui répond avec une imitation moqueuse, affable, de son accent viennois, et elle se sent en sécurité parce qu'on n'exige pas qu'elle explique ce qu'elle fait à Trieste. Elle demande où elle peut manger quelque chose de chaud et les soldats l'invitent à partager un goulasch dans une taverne à la porte de laquelle pend un écriteau : WIR SPRECHEN ITALIENISCH, KEIN SLOWENISCH.

Sous la table, le sous-officier approche un genou du sien puis frotte une de ses jambes entre les siennes. Elle se laisse faire, sans le regarder, sans sourire, histoire de ne pas l'encourager sans aller jusqu'à le dissuader. Le sous-officier est jeune, plus jeune qu'elle en tout cas, et a sur le front une cicatrice qui donne du caractère à un visage plutôt anodin. Mais la priorité c'est le ragoût, chaud, épais, où les morceaux de viande d'origine douteuse et les *Spätzle* de farine sans œuf, toutes choses qui, quelques mois plus tôt, ne lui auraient pas éveillé l'appétit, suffisent maintenant à la rassasier. Elle trempe dans la sauce des morceaux de pain noir et nettoie son assiette. Les sous-officiers la regardent, amusés, compréhensifs, solidaires.

Une heure plus tard, dans une chambre à l'étage, elle grelotte en se lavant l'entrejambe avec l'eau froide d'un broc en céramique, placé dans une cuvette décorée des mêmes fleurs et des mêmes rubans peints ; elle observe une fente dans un coin, un bord ébréché, et son attention se concentre sur ces détails, comme si elle ne voulait pas s'intéresser au sous-officier qui s'attarde au lit, uniforme déboutonné, braguette encore ouverte, et qui entonne, yeux fermés, *Der Wind hat mir ein Lied erzählt*.

Osera-t-elle lui demander de l'argent ou doit-elle considérer qu'elle a été payée avec son déjeuner ? Elle se rhabille sans hâte et, une fois de plus, ses vêtements usés provoquent une démangeaison sur sa peau fraîchement lavée. Quand elle ose demander « une aide » pour continuer sa route, le sous-officier lui explique, avec un sourire coquin, qu'il lui donnera quelque chose de mieux que de l'argent dévalué ; en descendant, il entre dans la cuisine comme chez lui et sans se cacher coupe un morceau de *speck*. Il le lui donne, enveloppé dans une feuille de journal dont le gros titre proclame : IL DUCE ACCLAMATO A VERONA ; une photo montre le visage émacié, le crâne plus du tout imposant dans son agressive nudité mais rétréci, décharné, avec un aspect de bois sculpté, comme celui d'une marionnette, de l'homme qui dix ans plus tôt avait proclamé un empire et qui gouverne maintenant une république minuscule, fictive.

Le propriétaire des lieux a tout vu, il ne dit rien, et quand ils sortent il les salue, bras levé.

C'est avec ce morceau de lard qu'elle paiera son voyage à Gênes.

Le camion passe de fréquents contrôles. Les soldats demandent les papiers d'identité et inspectent le chargement comme s'ils pouvaient transporter des armes ou un fuyard dissimulé entre les caisses de matériaux de construction. Souvent, le conducteur préfère se dérouter et prendre des routes secondaires pour éviter les zones dangereuses. En dehors des patrouilles allemandes, ils ne rencontrent qu'un paysan qui, juché sur le siège de sa charrette, garde les yeux fixés sur le dos de son cheval, comme si, en ces jours qui précèdent une reddition dont personne ne doute, dont personne ne parle, il avait peur d'effleurer le regard de ceux qui, demain, seront les pestiférés.

Quand elle arrive enfin à Gênes, elle cherche l'église de Santo Stefano pour présenter la lettre que lui a confiée le curé de la Schreckgasse. Elle ne trouve, sur une hauteur, que des décombres, des pierres, des briques, des restes sales de couleurs naguère lumineuses qui ont l'air d'être tombés en cascade jusqu'aux trottoirs de la Via Giulia, où ils auraient été balayés et entassés pour libérer le passage. Elle s'attarde devant cette ruine, la parcourt du regard sur toute sa façade, jusqu'au trottoir où elle s'est arrêtée, à la recherche d'un indice pour localiser, si toutefois il n'est pas mort, le prêtre qui doit l'aider.

Une femme s'arrête à côté d'elle, lui sourit d'un air de compassion. Elle est vêtue de noir et enveloppée dans des châles et des fichus noirs eux aussi ; seuls ses cheveux blancs, retenus par une pince, allègent ce deuil qui n'est peut-être pas délibéré. Quand elle parle, elle le fait en italien et la jeune femme hésite à admettre qu'elle ne le comprend pas, mais le sens de ses paroles, appuyées par des gestes éloquents, est clair.

— *Tutto distrutto, tutto rovinato... Chiesa della Consolazione, chiesa della Annunziata, anche la chiesa di San Siro. Pure il Palazzo Bianco e il teatro Carlo Felice. Gli inglesi non hanno avuto pietà...*

La femme poursuit sa litanie sans attendre de réponse : il est évident qu'elle veut simplement exprimer sa douleur, son rejet instinctif de la logique de la guerre. Quand ses mots s'épuisent, elle extrait des lainages qui l'enveloppent une petite image, l'embrasse et la met dans la main amorphe de cette inconnue qui l'a écoutée en silence, avec le regard absorbé de celui qui veut déchiffrer quelque chose dont il ne perçoit que des lueurs de sens.

Dans la lumière déclinante de la fin du jour, elle réussit à lire le nom de Santo Stefano, le saint patron du temple devant les ruines duquel elle s'est arrêtée. Saint Étienne, le premier martyr de l'Église... L'image le montre les yeux au ciel, au moment d'être lapidé ; un seul des hommes qui l'entourent n'a pas de pierre à la main : il assiste, complice, au supplice, sans y participer ni rien faire pour l'empêcher. Elle ne sait pas que ce personnage représente Saul, le féroce persécuteur de la nouvelle foi qui se rachètera pour devenir Paul ; elle ignore aussi que saint Étienne et saint Paul, comme Jésus de Nazareth, étaient juifs.

Quand elle lève les yeux elle voit la femme qui s'éloigne. Elle porte un panier d'où émergent deux poireaux, un panier trop grand pour les seules denrées qu'on puisse obtenir hors du marché noir à ce moment-là.

La nuit tombe. Elle s'est assise sur une pierre qui peut avoir été un fragment de muraille, sinon de l'église. Elle est fatiguée au-delà de toute fatigue physique, désorientée, et elle pressent peut-être pour la première fois que la fuite aveugle à laquelle elle se livre depuis des semaines pourrait manquer de sens. Il est possible qu'à un moment donné elle se soit endormie, là, en pleine rue, assise sur cette pierre, parce qu'elle s'aperçoit soudain qu'il n'y a plus de lumière dans le ciel, que derrière quelques fenêtres proches on a allumé une électricité blafarde. Ses jambes sont engourdies et le froid semble ramper depuis ses bottes jusque dans son dos.

Parmi les rares personnes qui passent sans lui accorder un regard elle voit un prêtre, un homme jeune mais à l'aspect peu juvénile. Avec une énergie inattendue, elle se met debout, court vers lui, le rattrape, lui parle en allemand, lui demande de l'aide. Le prêtre ne semble pas la regarder avec sympathie, ou plutôt il l'écoute d'un air méfiant, avec peur peut-être : du torrent de paroles que prononce cette femme sale et déguenillée il parvient seulement à comprendre qu'elle cherche le curé de Santo Stefano. Sans un mot, d'un geste, il l'invite à le suivre. Elle sent qu'elle doit lui obéir. Face à ce regard qui semble venir de très loin, loin derrière ces yeux inexpressifs, elle se rappelle avoir entendu dire qu'il y a des étoiles mortes, dont l'éclat est encore visible de la Terre, parce que les espaces sidéraux que la lumière parcourt à petite vitesse permettent à cet éclat de survivre à sa source.

Une heure plus tard, sous les yeux attentifs de ce prêtre qui à aucun moment n'a souri, elle boit un bol de lait dans lequel elle trempe une tranche de pain noir. Bien qu'elle soit reconnaissante pour cette nourriture, son inquiétude ne trouve pas le repos dans cette sacristie qui l'accueille : elle ne sait pas combien de temps elle pourra rester, où elle passera la nuit, où le matin la surprendra, ce qu'il lui arrivera les jours qui viennent, si elle devra rester à Gênes, si elle pourra partir vers un rivage lointain où personne ne s'intéressera à cette guerre qui n'en finit pas de mourir.

Elle ne sait pas que ce prêtre sévère et silencieux l'aidera, lui trouvera un refuge et du travail, que cette rencontre sera le premier maillon d'une chaîne qui finalement l'emportera de l'autre côté de l'océan, vers un port qui ignore les bombes et les ruines, un port où elle pourra se croire à l'abri du passé.

# 2.

# Novembre 1948

> Le roman surgit des creux et des lézardes de l'Histoire.
>
> NOVALIS

La femme qui garde, caché au fond d'un tiroir, parmi sous-vêtements de rechange, bas et mouchoirs, un passeport au nom de Taube Fischbein, est assise sur une chaise qu'elle a tirée sur le balcon de sa chambre de la Pension Dorsch.

Elle a éteint la lumière de la pièce pour protéger son intimité : l'improbable passant qui lèverait les yeux vers ce balcon distinguerait difficilement la silhouette d'une femme vêtue d'une robe de chambre légère, entrouverte, dans l'attente d'une brise qui tempérerait la chaleur humide de cette soirée de printemps. Mais du fleuve, proche et immobile, ne monte que la rumeur indistincte du moteur d'un bateau, à peine étouffé par le faible trafic qui à cette heure emprunte le paseo Colón. Du parc voisin, dont les pentes et les ronds-points lui offrent un semblant de nature et de fantaisie décorative, lors de sa promenade dominicale, ne lui arrivent non plus ni parfums ni fraîcheur : ses arbres surchargés de branches et de feuillage refusent ce message invisible.

Les heures passent lentement. Voilà un moment déjà que la nuit protectrice lui a permis de s'installer sur ce balcon d'où l'avare éclairage public ne lui révèle rien qui soit capable d'attirer son attention. À cette date où la nuit tombe tôt en Europe, à Buenos Aires la lumière du jour commence à s'attarder.

Elle sait que dans son dos s'étend une ville interminable et monotone, qui se répand en quartiers sans caractère. Lors de ses premières sorties, elle avait investi le prix d'un ticket de cinéma ou d'un dancing en billets de trams successifs, qui lui avaient découvert ce monde étranger. Elle était passée devant les jardins si soignés du quartier de Belgrano, où vivaient, lui avait-on dit, de nombreuses familles allemandes, et, de fait, elle y avait vu une boutique avec le mot *Delikatessen* peint sur la vitrine. Peu de gens circulaient dans ces rues ombragées par des arbres aux fleurs violettes ; son regard avait suivi une nounou qui flânait en poussant un landau : à un certain moment la tête d'un enfant, blond comme ceux de sa patrie, était apparue. Dans les quartiers Colegiales et Paternal, elle avait pris par des rues bruyantes ou endormies, longé des garages, des terrains vagues et d'innombrables maisons basses, modestes, mais généreuses en moulures, bas-reliefs et grosses pierres. Par la fenêtre du tramway, elle avait aussi pu entrevoir quelques anges de métal et les têtes en plâtre de nombreuses sculptures allégoriques, ostentation posthume plus haute que les interminables murs, tantôt blanchis à la chaux, tantôt de brique nue, du cimetière de la Chacarita.

Ce n'est que dans le centre de la ville, où des passants impatients se croisaient sur les trottoirs étroits, qu'il lui avait semblé retrouver quelque chose qu'elle avait connu en Europe, mais l'humanité qui se pressait en silence sur ces trottoirs lui paraissait distante, sinon hostile : hommes austères, souvent moustachus et les cheveux plaqués à la gomina sous leur chapeau, femmes couvertes elles aussi d'un inévitable chapeau, à l'expression bovine et avec un fessier qu'aucun corset ne réussissait à dissimuler. Elle avait vite appris les rudiments du code local : seul le personnel de service sortait dans la rue tête nue ; un regard curieux, sans aucune malice, pouvait être interprété comme une agression ; la communication entre les sexes était régie par des règles aussi tacites que rigoureuses.

Il ne lui traversa pas l'esprit que si, à Gênes, elle n'avait pas ressenti le besoin de connaître la ville, et que si maintenant elle traversait Buenos Aires de part en part en scrutant ses façades les plus anonymes, c'était sûrement parce qu'elle avait l'intuition, même vague, que dans ce nouveau monde elle n'était pas de passage. Quelle place pouvait-elle y occuper, c'était là, en revanche, une question qu'elle évitait : elle n'y entrevoyait pas de réponse, et elle menaçait de l'inquiéter. Elle pensait que, comme tant d'autres choses dans la vie, le temps en déciderait sans qu'elle soit obligée de s'en occuper elle-même.

Quand elle découvrit ce tronçon du paseo Colón qui regarde vers le port et tourne le dos au reste de la ville, son architecture pesante, sans ornements ni prétention d'élégance, ses arcades robustes, qui ne pouvaient pas avoir été construites pour protéger d'une neige absente sous ces latitudes, tout avait éveillé en elle une certaine sympathie, comme si l'absence de couleur, de toute résurgence de ce qu'elle avait connu dans sa jeunesse, l'aidait à se familiariser avec l'oubli. Elle s'était sentie obligée d'apprendre les rudiments de la vie quotidienne dans une ville où, devinait-elle, elle ne parviendrait jamais à s'assimiler, mais où, avec un peu d'effort, elle pourrait, par mimétisme, finir par passer inaperçue. Cette Buenos Aires, imaginée d'Europe avant tout comme un refuge, deviendrait peu à peu quelque chose de semblable à un foyer. « Un foyer hors du foyer… » La chambre de la pension est un peu plus grande que celle du Soldatenheim, moins étroite assurément que celle qu'elle partageait dans le pavillon du camp. Comme celle qu'elle occupait avec sa mère, à Vienne, peut-être, où elles couchaient toutes deux dans le même lit, enlacées en hiver, dans cette enfance qui pour elle a été à tout jamais salie après sa visite à la Währingerstrasse ?

Peu à peu, elle pénètre les mystères d'une langue où les genres contredisent les images avec lesquelles elle a appris à nommer le monde. La lune, *der Mond*, était masculin en allemand et féminin en espagnol ; le soleil, *die Sonne*, était féminin en allemand et masculin en espagnol. Ses confusions ne s'arrêtaient pas là : *die Zeit*, le temps, était féminin en allemand, comme la soirée était masculin : *der Abend*. Plus inquiétant était *der Tod*, masculin en allemand et féminin en espagnol : la mort.

Le temps, *die Zeit*, qui en Europe avait en quelques semaines accumulé frontières et périls, détresses récurrentes et refuges précaires, semble maintenant s'être arrêté. À Buenos Aires les jours se traînent, se ressemblent, teintent d'invraisemblance tout ce qu'elle a vécu trois ans plus tôt seulement : si elle se le remémore, elle voit des images d'un film mal raconté, avec trop de hasards et de solutions de continuité, un film dont l'héroïne lui ressemblerait vaguement. Maintenant elle a quelques kilos de plus et hésite à laisser ses cheveux retrouver, entre de précoces fils gris, la couleur claire qu'ils avaient naguère, avant qu'elle ne se les teigne en châtain foncé. Cette prudence naïve la fait sourire, certains matins, quand ses mains rencontrent, au fond d'un tiroir, le passeport de Taube Fischbein et qu'elle y voit un visage auquel elle ne pourra jamais ressembler. Elle sourit, oui, mais ne sait pas si c'est parce que sa ruse, qui lui semble aujourd'hui peu convaincante, lui a été utile, ou parce que sa propre naïveté l'émeut.

Voilà des mois qu'elle travaille dans la cuisine d'un restaurant allemand de la rue Maipú, dans la pente qui au bord de la place San Martín descend vers la gare de Retiro. Tous les soirs, en sortant du restaurant, elle doit marcher une demi-heure pour rentrer à la pension. Elle passe devant des bars à matelots, dont les portes s'ouvrent, occasionnellement, pour laisser entrer des femmes au maquillage outrancier et sortir une rafale de saxophones et de clarinettes ; elle longe aussi, plus loin, une construction ridicule, naine et obèse, peinte en rose, qui, lui a-t-on expliqué, est le siège du gouvernement ; elle continue ensuite en empruntant de longs trottoirs désolés pour arriver, par le paseo Colón, quelques mètres avant la rue Garay, à la pension de Frau Dorsch. Elle n'avait pas voulu chercher de chambre plus près de son travail. Dans ce quartier sans caractère, elle se sent indépendante, anonyme.

Elle est arrivée dans ce restaurant par recommandation d'un franciscain qui s'était pris de sympathie pour elle quand elle travaillait à la résidence de Gênes. La chaîne de protection ecclésiastique, comme elle le reconnut, ne s'était pas interrompue : de même qu'elle était arrivée dans cette ville avec une lettre du curé viennois qui avait pu vérifier qu'elle était baptisée, le prêtre lui donnait maintenant une lettre d'introduction pour le propriétaire, un Bavarois établi en Argentine depuis la première après-guerre, connu pour s'occuper généreusement des réfugiés, sans parler de politique ni attendre de confidences. Souriant derrière le bar, il quittait rarement son tabouret devant la caisse, mais son regard pénétrant, et à coup sûr une ouïe aiguisée, ne perdaient rien des conversations et des faits et gestes des habitués. Le local déléguait l'évocation d'une patrie lointaine à quelques bois de cerf fixés aux murs, à des gravures passées du Starnbergersee, de l'Immensee, de paysages tyroliens ; on attendait de ces éléments de décor qu'ils compensent, en faisant naître une certaine et succincte nostalgie, les hésitations de la cuisine. À une certaine heure du soir la plupart des clients du cru, peu nombreux de toute façon, se retiraient, et on entendait davantage parler allemand qu'espagnol.

À Gênes, elle avait appris à ne pas poser de questions. Plus tard, elle devait dissimuler sa stupéfaction quand plusieurs passagers du cargo dans lequel elle avait fait le voyage, et qui étaient en civil pendant la traversée, avaient paru en soutane après l'escale à Montevideo et avaient débarqué dans cette tenue à Buenos Aires. Ils fréquentaient maintenant le restaurant sans leurs habits ecclésiastiques ; ils parlaient croate entre eux, comme sur le bateau, mais s'adressaient aux serveurs et au patron en allemand. Ils restaient longtemps à table après le repas et les blagues salaces qu'elle entendait de la cuisine suscitaient leur enthousiasme. Comme il n'y avait pas de porte de service, pour quitter le restaurant après son travail, elle devait traverser la salle ; et c'est ainsi que plus d'une fois l'un d'eux l'avait retenue, en lui mettant la main aux fesses, pour lui proposer un verre de slivovitz.

Quand elle sortait, l'air frais de la rue la rassérénait. Elle laissait derrière elle les odeurs de cuisine et de fumée du salon, de graisse et de cigarette. Elle respirait avec délectation pendant un moment, comme si des arbres de la place pouvait lui parvenir un parfum, puis entreprenait le trajet monotone de chaque soir. Elle croisait souvent sur son chemin des marins titubants, qui entraient dans des bars portant des noms comme First and Last, Safe Harbour, May Sullivan's, ou en sortaient ; ils chantaient, riaient, les mains de l'un sur les épaules de l'autre, échangeaient des tapes amicales, des coups affectueux ; jamais ils ne firent attention à elle. Elle savait qu'elle marchait près du port, mais ne pouvait le voir : la ville tournait le dos au large fleuve qui se confondait avec l'océan, à ses bassins et à ses quais : comme si elle voulait l'ignorer, bien que ce fût là que la plupart de ses habitants avaient débarqué.

De Gênes, elle se souvenait que la ville se réveillait enveloppée dans une lumière grisâtre, blafarde. Une brume épaisse montait de la mer, envahissait les rues voisines du port et traînait derrière elle l'odeur rouillée des bateaux mêlée à une odeur de poisson pourri, au-delà de la Piazza Caricamento, vers la Via San Luca.

Elle préférait faire ses courses à cette heure matinale, être de retour 6 Via Lomellini à temps pour préparer le petit déjeuner et ne plus sortir. Elle n'éprouvait pas la curiosité d'explorer cette ville étrange, ses escaliers raides et ses édifices en ruine qui semblaient prêts à s'effondrer sur son passage, son incompréhensible désordre. Seul le port l'attirait, bassins et quais d'où elle pourrait un jour partir pour un autre continent, loin des vengeances qui, en Europe, menaçaient ceux qui avaient été du côté des perdants. Souvent, le matin, elle descendait jusqu'au bord du Porto Antico pour distinguer au loin, de l'autre côté du Porto Vecchio, les transatlantiques qui dormaient le long des *ponti*. Elle avait appris non seulement les noms de ces embarcations mais aussi ceux des compagnies auxquelles elles appartenaient, comme si cette parcelle de connaissance lui confirmait la promesse du voyage si désiré : *Cabo de Buena Esperanza*, compagnie Ybarra ; *Buenos Aires*, compagnie Dodero. L'un d'eux l'attendait, cela ne faisait aucun doute pour elle.

Elle s'arrêtait parfois à observer, face au port, la masse du Grand Hôtel Miramare, encore imposante bien que promise à une ruine déjà visible. Elle aurait aimé y être femme de chambre, dormir dans une pièce exiguë sous les toits, appartenir d'une certaine façon à un ordre boiteux mais encore ouvert sur le monde, se faire une petite idée, même à distance, des clients distingués, de leurs vêtements, leurs manières, glaner peut-être un renseignement sur leur vie privée… En tout cas, ne pas être obligée d'accepter la protection de la résidence de la Via Lomellini, où on lui avait proposé un emploi à condition de ne pas croiser le regard des occupants ni de demander leurs noms. Le Miramare, lui avait-on expliqué, ne recevait plus de clients. Il était occupé par des soldats américains et britanniques, les nouveaux maîtres de l'Europe. Une partie avait été transformée en prison militaire.

À la résidence, elle était chargée de la cuisine, mais elle avait dû plus d'une fois donner un coup de main pour faire les lits, et même pour aller porter ou chercher des enveloppes cachetées, marque de confiance qui la flattait et l'effrayait à la fois : elle avait pensé, naïvement, que ces enveloppes renfermaient de l'argent, mais un jour où le destinataire, voulant vérifier son contenu, en avait ouvert une devant elle, elle avait découvert qu'il s'agissait de passeports de la Croix-Rouge. Elle avait appris à trouver ces adresses – Via Albaro 38, Via Ricci 3, Via Balbi 9 – dans cette ville étrange dont les premiers mois, au cours de ses sorties matinales, elle n'avait parcouru que le port.

Oui, on lui faisait confiance parce qu'elle avait été présentée par une lettre du curé de l'église de Vienne où, trente-cinq ans plus tôt, elle avait été baptisée. Elle revoyait le vieil homme sur ses gardes, méfiant, qui avait cherché son nom dans les registres paroissiaux, et décidé de la croire quand elle lui avait récité, avec l'accent viennois que quelques jours dans sa ville natale lui avaient rendu, le nom de ses parents, sa date de naissance et celle de sa première communion. Cet accent, ces renseignements vérifiables avaient fait naître un sourire ironique sur les lèvres du prêtre.

— *Sie sind keine Taube Fischbein...*, avait-il murmuré pour toute conclusion.

Cette sympathie avait libéré l'angoisse qu'elle réprimait depuis le début de l'entrevue. Elle avait éclaté en sanglots et avait prié le prêtre de comprendre l'énormité de la peur qui l'avait poussée à s'emparer d'un passeport dont les pages étaient traversées par le mot *Jude* en lettres gothiques. Le vieil homme l'avait serrée dans ses bras comme une enfant, lui avait tapoté le dos tout en la laissant pleurer sur son épaule, et l'avait bercée de paroles de consolation. Quand elle s'était un peu calmée, il lui avait expliqué que leur seul devoir à elle et aux siens, était de survivre à la persécution, de demeurer en ce monde pour honorer Jésus-Christ et l'Autriche, que l'Église et la patrie étaient éternelles, que toute ruse nécessaire pour résister dans les temps malheureux qu'il leur avait été donné de vivre leur serait pardonnée. Plus tard, il avait rédigé une lettre pour un prêtre italien qui pourrait l'aider, un assistant du père Petranović.

À Gênes, elle n'avait jamais réussi à voir le puissant prélat croate, bien que la résidence fût sous sa haute surveillance ; pas plus que l'autre ecclésiastique dont l'autorité était fréquemment mentionnée dans la maison, un franciscain hongrois, le père Dömöter. Cependant, elle avait remarqué que ces noms, dont elle percevait le prestige sans pouvoir l'expliquer, des noms souvent prononcés à voix basse, suscitaient un silence où semblaient se mêler de l'admiration, de la crainte et l'espoir tacite d'un présent. Une fois, en revanche, elle avait vu un cardinal vêtu de cette pourpre dont elle avait seulement entendu parler quand elle était enfant. Il venait à la résidence pour bénir le bâtiment. Elle s'était inclinée devant lui, en pliant le genou droit comme on le lui avait appris quand elle était petite, et avait baisé son anneau.

Souvent, elle était surprise par le souvenir d'un épisode vécu trois ans à peine avant la vie routinière, acceptée avec moins de résignation que de soulagement, qu'elle menait à Buenos Aires.

Elle se revoyait avançant péniblement, ses bottes enfoncées dans la neige, sous la lourde capote qui la voûtait, cherchant un signe qui lui confirmerait qu'elle atteindrait un endroit d'où elle pourrait continuer à fuir, chaque fois plus loin, loin d'un péril chaque fois plus proche, un péril sans visage mais qu'elle savait implacable, et elle ne pouvait faire confiance qu'à la bonté de gens inconnus. Comment avait-elle été capable de survivre à ces semaines où elle devait arracher ses rares heures de sommeil à un refuge occasionnel, inhospitalier, clandestin ? D'où avait-elle tiré les forces nécessaires, habituée comme elle l'avait été à passer ses journées au camp assise derrière un bureau, à remplir des fiches de données d'identité, de noms pleins de consonnes qui en allemand ne se frôlaient jamais, de photographies de visages anodins où elle avait appris à reconnaître les physionomies condamnées d'une race inférieure ?

En ces moments-là, les souvenirs de ces jours d'angoisse, lourds d'une fatigue qui semblait trouver en elle-même la force de continuer, même sans but certain, lui apparaissaient comme un rêve dont elle s'était réveillée pour entrer dans cette nouvelle vie, monotone, de somnambule, presque, une vie où quelques gestes à peine, quelques mots suffisaient à remplir une journée qui serait identique à la précédente et à la suivante.

La léthargie s'appelait Buenos Aires.

## Novembre 1948

Si une brise revêche se levait lors des nuits de printemps de Buenos Aires et faisait légèrement osciller les rares frondaisons du paseo Colón, elle n'apporterait du port tout proche, invisible, aucune promesse de mer : l'eau du large fleuve n'est pas salée et l'odeur âcre, rouillée, des bateaux qui dorment dans les bassins ne parvient pas à traverser la fumée des grils improvisés en plein air, au bord des canaux parallèles qui séparent le fleuve de ces premiers signes de la ville que sont les bâtiments de la douane, les hangars et les entrepôts de marchandises.

C'est une odeur qu'elle avait appris à reconnaître dans cette ville. Sur ces grils cuisaient, disposés sur des grilles qui les séparaient des braises, des morceaux de viande généreusement bordés de graisse, des tripes tressées, des glandes, des viscères et des boudins de sang noir de porc. Sur une herbe anémique, ou directement sur la pierre du quai, une demi-douzaine de tables et de chaises métalliques rassemblait un public dont il aurait été hasardeux d'imaginer la place dans la société, ou plutôt dans ses marges, les occupations, la raison qui l'avait conduit là ce soir-là, et les crises de rire de certains groupes semblaient aussi inexplicables que le silence renfermé des hommes seuls. Le repas était accompagné de bière. Les moins prudents, ou les estomacs les plus tannés, se risquaient à boire un vin rouge, lourd, qui laissait au palais un arrière-goût acide.

Un jour férié d'octobre, cette odeur l'avait conduite par l'avenue de Mayo vers la place du même nom. Elle ne l'avait pas reconnue tout de suite, et au début elle lui avait évoqué un souvenir désagréable, celui du dernier été en Europe, ce juillet 1944 où les fours du camp, sollicités au-delà de leur capacité, avaient refusé de fonctionner et, aidés par la chaleur et l'humidité, avaient diffusé une fumée pestilentielle, une odeur de chair brûlée, tout en projetant des cendres noirâtres, lourdes ; emportées par le vent, elles salissaient le paysage verdoyant.

Maintenant elle était la seule personne qui ne se pressait pas. Les autres avançaient le long de l'avenue d'un pas décidé, au rythme d'un chant de marche ; ils allaient en groupes et beaucoup d'entre eux portaient, enroulés, les drapeaux qu'une fois sur la place ils déplieraient pour proclamer en lettres énormes la présence du groupe dont ils faisaient partie. Elle suivit le mouvement, craignant d'attirer l'attention si elle se tenait à l'écart. Une femme mûre mais vive s'approcha d'elle en souriant et piqua sur son corsage un petite insigne aux couleurs brillantes. Elle murmura le premier mot qu'elle avait appris dans la nouvelle langue : « Merci. »

L'odeur provenait de petits grils, précairement installés aux coins de la place les plus éloignés du bâtiment rose, celui-là même dont elle ne voyait que l'arrière pendant son trajet de retour quotidien à la pension. Le soleil de cet après-midi d'octobre accentuait ce que cette architecture et sa couleur avaient d'incongru ; il lui donnait l'air d'un jouet que la main d'un enfant géant aurait abandonné entre les masses sévères des ministères et des banques.

Près de l'endroit où elle s'était arrêtée, sans pouvoir aller plus loin, fonctionnait un des grils : elle vit cuire lentement, sur les fers, de grosses saucisses, rouge foncé, de viande grossièrement hachée ; il en coulait un jus graisseux rouge clair, presque orange, comme du paprika, qui allait imbiber la mie spongieuse de pains coupés en deux. Elle avait goûté à ces sandwiches peu après son arrivée, elle avait vu avec quel enthousiasme la population locale les dévorait, et bien qu'elle n'ait pu partager ni comprendre ce goût, comme tant d'autres choses du pays, il lui était arrivé d'en accepter et avait fait semblant, obéissante, de les savourer.

Soudain, un rugissement unanime parcourut la place et une même et joyeuse décharge électrique parut secouer la foule. Au balcon lointain était apparue la silhouette d'une femme blonde, svelte, qui levait les bras. Sa voix, déformée par les haut-parleurs attachés aux palmiers, transmettait cependant un sentiment émouvant, au-delà des intonations touchantes ou rancunières, qui alternaient entre des tirades dont le sens lui échappait. Le discours était scandé par des pauses où la foule reconnaissait le moment prévu pour que slogans et applaudissements ratifient les paroles.

Elle resta presque une heure au bord de la place, gagnée par tant d'enthousiasme, applaudissant des mots qu'elle ne comprenait pas. À un certain moment une brise légère se leva. Elle fit osciller les feuilles, lourdes, poussiéreuses, des palmiers, et lui apporta cette odeur de viande brûlée, de graisse fondue, qui menaça un instant de la renvoyer à un passé qu'elle avait essayé d'abolir.

De ce passé, à Gênes, elle n'avait eu aucun écho. À la résidence, il n'y avait pas de journaux en allemand, et elle n'avait pas la curiosité de regarder la presse italienne, qu'elle ne pouvait pas lire. Ce n'est que beaucoup plus tard qu'elle apprendrait qu'à Nuremberg avaient eu lieu des procès qui se voulaient exemplaires. Et elle ne devait jamais voir les photos qui y avaient été prises.

Evgueni Khaldei était à Nuremberg et y avait enregistré non seulement les visages des juges, des accusés et des témoins, mais aussi ceux de simples employés, par exemple ceux qui, à la cantine, devaient préparer les repas pour cette assemblée nombreuse, internationale. Ses photos des sessions du tribunal sont moins dramatiques que les plus célèbres, mais derrière les visages pétrifiés dans une identité du moment, dans la représentation recherchée de la justice ou de l'opprobre, on reconnaît la même conscience de vivre une période historique, la même inconscience de la dimension et des limites de la justice qui y était dispensée.

Ailleurs, en Allemagne ou en Autriche, entre des frontières estompées ou renégociées, les cadres moyens, les chefs d'escadron, les contremaîtres, les mains armées ou les têtes pensantes de crimes pour lesquels il n'y a pas encore de nom, sauront se fondre dans l'environnement, créer des réseaux de secours mutuel, s'éclipser sous le regard fatigué, ou ignorant, sinon complice, de ceux qui ne seront soucieux que d'occuper de nouveaux espaces de pouvoir.

Mais en cette année 1948 où elle explore la ville dans laquelle elle cherche à se faire une nouvelle vie, protégée par une identité d'emprunt dont elle n'a pas besoin, Khaldei va voir la sienne bouleversée par des événements imprévus. La création de l'État d'Israël suscite des demandes d'émigration de la part de milliers de Juifs d'Union soviétique, et ce mouvement déclenche au Kremlin une vague d'antisémitisme. Staline, qui en 1939 avait signé avec le Troisième Reich le pacte de non-agression qui avait permis le partage de la Pologne entre les deux puissances, et qui deux ans plus tard, devant l'invasion allemande, avait déclaré la « Grande Guerre Patriotique » et créé un « Comité juif antifasciste » où il avait engagé Ilya Ehrenbourg, Serge Eisenstein et d'autres personnalités, n'hésite pas à faire liquider dans un accident prémédité Solomon Mikhoels, directeur du Théâtre juif de Moscou.

Moins visible, Khaldei, jusque-là chroniqueur émérite des victoires de l'armée soviétique, se verra notifier par l'agence Tass qu'elle a décidé de se passer de ses services. Même s'il ne quitte pas le pays où il est né, pour lui aussi commencent alors des années sombres de survie.

À la pension de Frau Dorsch la langue commune était l'allemand, bien qu'il y eût parmi les occupants un couple roumain et une femme hongroise. Ils étaient unis, au-delà de la langue partagée, par la modestie de la situation obtenue dans le pays où ils avaient trouvé refuge, qui certes n'était en rien comparable à celle qu'ils avaient connue en Europe.

Trois des pensionnaires avaient travaillé comme techniciens, chez les plus grands, Daimler-Benz et IG Farben, jusqu'à ce que le moment d'émigrer fût venu ; aucun d'eux n'était parvenu à faire valoir ses connaissances dans l'industrie locale, bien que le développement frénétique de celle-ci requît l'expérience d'ingénieurs et de chimistes. Deux d'entre eux, les plus jeunes, impatients après trois mois de vaines promesses dans la capitale, s'étaient résignés à s'installer à Tucumán, employés par l'entreprise Capri, liée à la société nationale Eau et Énergie, créée par un Germano-Argentin, très proche du général-président, avec mission de mesurer le débit des cours d'eau de la province. Le nom de cette entreprise du génie civil prétendait peut-être évoquer des paradis méditerranéens, mais pour ses employés il ne correspondait qu'aux initiales de Compagnie Allemande Pour Récents Immigrés.

Le plus âgé, en revanche, était resté à Buenos Aires, confiant dans le fait que ses antécédents lui vaudraient un meilleur destin. Il avait travaillé en

Allemagne auprès du célèbre créateur des avions Fokker, l'ingénieur Kurt Tank, engagé maintenant pour concevoir son équivalent argentin, le Pulqui II ; mais le patron avait décidé de s'entourer dans le pays d'une équipe de collègues allemands de haut niveau et avait délégué les tâches subalternes à des techniciens argentins déclarés « en formation », formule par laquelle il essayait de ne pas blesser les susceptibilités et en passant de flatter, ne fût-ce que de façon marginale, le président qui le protégeait. Après des mois d'attente inutile, cet assistant jadis de l'ingénieur avait fini comme commissionnaire chez Vianord, une agence de tourisme liée à des exilés plus prospères.

Le couple roumain avait lui aussi déchanté. Il avait débarqué plein d'espoir dans les contacts que l'ambassadeur Ghenea leur avait promis de Madrid avec un certain docteur Peralta, président de l'Institut ethnique national et également créateur d'une Commission de ressources humaines pour le Conseil national de la défense. Très vite, l'autorité promise par tous ces noms ronflants s'était révélée trompeuse : le climat international de l'après-guerre avait conseillé à l'Exécutif de se passer de ce personnage inopportun, de dissoudre l'institut et de transférer ses fonctions à la Division renseignements de la présidence, où ces dernières pourraient se poursuivre discrètement, sans proclamer par leur nom un certain racisme qu'il convenait désormais de garder tacite. Les Roumains avaient fini comme d'obscurs interprètes à la Direction générale de l'immigration. À l'instar de nombreux couples, les années de cohabitation les avaient conduits, insensiblement, à s'imiter l'un l'autre. La reproduction de leurs expressions avait peu à peu modifié leurs traits, au point d'en faire deux versions fraternelles d'un même visage.

Le personnage le plus farouche de la pension, rarement visible, ne déjeunait pas à la table commune : il dormait jusqu'aux premières heures de l'après-midi. Il s'agissait d'un homme d'âge indéterminé, au regard fuyant et au cheveu rare, teint d'un roux inconnu dans la nature. Frau Dorsch avait annoncé à voix basse, non sans un certain respect, que sa profession de podologue, mot honorable qu'il était nécessaire de prononcer à la place du vulgaire « pédicure », l'avait amené à s'occuper des pieds d'un artiste de la danse tel que Harald Kreutzberg, *der grosse Reichskünstler*, qui avait dansé pieds nus sur l'herbe du stade olympique de Berlin lors des festivités inaugurales des Olympiades de 1936. Un réseau d'amitiés et de loyautés innommées lui avait permis, peu après son arrivée dans le pays d'asile, d'accéder aux soins des pieds de

Mme Larrauri, députée qui avait sacrifié une carrière de chanteuse de tangos pour se consacrer, auprès de l'épouse du général-président, à la politique de bien-être social.

Elle avait appris les contretemps et les infortunes de tous ces exilés grâce aux bavardages de Frau Dorsch, qu'elle accompagnait souvent au marché le matin ; tout en se familiarisant avec les noms locaux des fruits et des légumes, elle absorbait les nouvelles livraisons d'un feuilleton sans surprises. Était-ce parce qu'elle était célibataire, silencieuse, et qu'on ne lui connaissait ni amitiés ni relations, qu'elle suscitait les confidences de la propriétaire de la pension ?

Parfois, la pensionnaire hongroise, toujours en quête d'auditeurs plutôt que d'interlocuteurs, l'invitait. Quand on mentionnait cette rousse, qui se définissait elle-même comme « pétillante », Frau Dorsch se contentait de hausser les épaules avec un air sceptique plus que méprisant. La Hongroise, loin de se lamenter, évoquait sous n'importe quel prétexte ses triomphes, toujours « quelques années plus tôt », même si les dates s'éloignaient inexorablement, avec *Mam'zelle Nitouche* et *Die Dollarprinzessin* sur les scènes de Budapest. Elle était portée par un optimisme stoïque : elle perfectionnait son espagnol dans l'attente d'un essai, toujours remis à plus tard, dans des studios de la compagnie Emelco ; le compositeur Peter Kreuder, une connaissance « d'autrefois », bien établi dans le pays, le lui avait promis. Elle avait plusieurs fois généreusement invité sa voisine dans un petit cinéma de la rue Corrientes, où l'on repassait de vieux films allemands (ou, aimait-elle préciser, autrichiens), pour voir *Opernball*, qu'on donnait souvent sous le titre de *Bal à l'opéra*. Quand arrivait la chanson *Du bist zu schön, um treu zu sein*, elle entonnait les paroles à l'unisson avec l'écran et montrait à son amie, encore hésitante dans la nouvelle langue, la traduction du titre : « Tu es trop jolie pour être fidèle. » D'un coup de coude complice, elle l'invitait à rire avec elle.

L'heure du déjeuner réunissait tous ces naufragés autour d'une table. Frau Dorsch avait recours à une gastronomie rudimentaire mais énergique : les pommes de terre en salade précédaient des boulettes, qu'elle aimait appeler *Königsberger Klopse*, et dont les ingrédients pouvaient réapparaître le lendemain, passés au four dans un moule qui leur donnait la forme d'un lièvre. Dans la conversation on évitait l'actualité, même si quelques nouvelles, les péripéties du blocus de Berlin et ses conséquences, filtraient pour réconforter les convives, au triste destin mais à l'abri de l'empire soviétique et de ses séides. « Ce sont les vainqueurs qui écrivent l'histoire » était une phrase prononcée par les uns ou les autres, au cours de ces déjeuners. Bien souvent, quand la détresse ou la nostalgie menaçait de devenir contagieuse, la Hongroise décidait de remonter le moral des autres en mettant sur un phonographe à l'aiguille émoussée un disque qui grésillait ; elle annonçait qu'on allait l'entendre chanter *Meinen Lippen, sie küssen so heiss*, et tout le monde faisait semblant de la croire, bien que Frau Dorsch eût décrypté sans trop de peine sur l'étiquette assez maladroitement gribouillée le nom de Jarmila Novotna.

Le froid humide, pénétrant, du mois d'août, la chaleur étouffante de janvier s'installaient sans rencontrer d'obstacle dans cet appartement au papier peint déteint et au plafond taché d'auréoles. Frau Dorsch avait proposé à ses locataires d'inspecter les pièces où elle vivait, pour qu'ils constatent qu'elle ne cachait aucun félin ; pourtant, une odeur de pipi de chat tenace – provenant de quel étage de l'immeuble ? – imprégnait tous les recoins de la pension. Tous avaient refusé l'invitation : ils préféraient la croire. Ils craignaient peut-être, s'ils ne lui faisaient pas confiance, de voir disparaître la bienveillance avec laquelle on tolérait un occasionnel retard dans le paiement de leur loyer. À leur arrivée, tous avaient considéré la Pension Dorsch comme un refuge provisoire, tous commençaient maintenant à pressentir que ce serait un domicile permanent, sinon définitif.

Un soir de novembre, assise dans l'obscurité de son balcon, à peine éclairée par le vacillant éclairage public du paseo Colón, la femme qui garde caché au fond d'un tiroir, parmi sous-vêtements de rechange, bas et mouchoirs, un passeport au nom de Taube Fischbein, respire l'air chaud, immobile. Elle est à l'abri de l'odeur de pipi de chat et elle n'est plus inquiétée par l'odeur des grillades de l'invisible port voisin. Elles ne lui rappellent plus désormais ce qu'elle ne doit pas se rappeler.

Par un matin glacial de janvier 1947, à peine un an plus tôt (mais dans un monde aussi lointain pour elle que cette préhistoire dont les hécatombes géologiques demeurent imprimées dans le sol et les roches de la planète), l'évêque de Gênes l'avait appelée dans son bureau, au premier étage de la résidence.

D'emblée, elle avait été terrorisée. Le ton sévère, le regard pénétrant de l'ecclésiastique, à peine tempérés par le geste avec lequel il l'avait invitée à s'asseoir, lui avaient fait craindre le pire ; elle savait que les vainqueurs pratiquaient une politique dite de « rapatriement » : non seulement ils rendaient aux pays occupés par l'armée soviétique les réfugiés qui avaient fui devant sa progression, mais également tout individu dont le nom pouvait apparaître sur une liste de collaborateurs du Reich. Elle conservait, comme son bien le plus précieux, un passeport avec le timbre, naguère encore infamant, qui déclarait juive la personne identifiée ; elle étudiait souvent, avec crainte, la photographie collée sur ce document, et sentait que ses traits étaient de plus en plus éloignés d'elle. Mais elle était arrivée à Gênes, elle avait trouvé travail et protection grâce au curé qui avait déniché, dans les registres de la Schreckgasse, son véritable nom et la date de son baptême ; elle se rappelait encore le sourire complice, amusé, peut-être, du prêtre viennois quand il avait reconnu qu'elle n'était pas juive, qu'elle ne pouvait porter un nom tel que Taube Fischbein. Sur quels documents son identité avait-elle pu refaire surface ? Existait-il des registres où était établie son incorporation, même comme personnel civil, employée de bureau, archiviste, dans la Wehrmacht ?

Absorbée dans un enchaînement d'associations que lui inspirait la peur, elle n'écoutait pas les paroles apaisantes de l'évêque dont l'air austère l'avait inquiétée.

— Nous voulons vous aider, mais il est nécessaire que vous compreniez la difficulté de votre situation. L'Argentine a mis en vigueur une politique d'immigration sélective qui a été communiquée à ses ambassades et ses consulats : elle ne veut ni indésirables, ni malades, ni criminels, ni Juifs, ni communistes, ni sympathisants avec des idées que le nouveau gouvernement juge démoralisantes. – Il lui avait alors lu un paragraphe d'une photocopie, un papier photographique noir où apparaissaient en blanc des lignes tapées à la machine et signées par différents fonctionnaires –. Ce document est confidentiel. S'il est arrivé entre mes mains c'est parce que nous avons de bons amis dans les services diplomatiques argentins. Et vous lire ce passage est une preuve de la confiance que j'ai en vous. Notre priorité, dans les circonstances actuelles, a été de mettre à l'abri les hommes de foi, autrichiens et croates pour la plupart, poursuivis par les nouveaux maîtres de la scène internationale. Vous êtes une authentique catholique, un de nos correspondants à Vienne nous l'a certifié ; malheureusement, votre seule pièce d'identité est un passeport que n'importe quelle légation argentine rejetterait si vous sollicitiez un « libre débarquement ».

Il avait fait une pause, et son regard était devenu plus pénétrant encore, comme s'il voulait qu'elle s'imprègne du sérieux des informations qu'il lui donnait. Il avait un nez busqué d'oiseau, des sourcils trop fournis et en broussaille, des lèvres minces qui remuaient à peine quand il parlait. Paralysée par la peur, elle soutenait son regard sans montrer le moindre signe qu'elle comprenait ce qu'elle entendait.

— Tout récemment encore, le consul d'Argentine à Barcelone vendait des passeports valables pour deux mille dollars, somme, je n'ai pas besoin de vous l'expliquer, exorbitante pour les moyens dont nous disposons ; d'ailleurs, ce diplomate a été destitué voici quelques semaines : les fonctionnaires de Buenos Aires cherchent à centraliser ce genre de transactions sans interférences de la part de subalternes, et ont décidé de s'en débarrasser en prêtant finalement attention aux plaintes qui depuis quelques mois dormaient dans leurs tiroirs. Il y a un autre consulat argentin très actif pour l'émission de passeports et de permis de « libre débarquement ». C'est celui de Copenhague, mais sa priorité est de sauver et d'envoyer à Buenos Aires les hommes de science qui pourraient être utiles à l'Argentine ; ils ne s'intéressent pas aux hommes de foi. Dans votre cas, la solution serait d'obtenir un de ces passeports de la Croix-Rouge, auxquels Caritas a accès. – Il avait fait une nouvelle pause avant d'ajouter – : Bien qu'ils soient réservés, comme vous le comprendrez, aux cas les plus délicats, aux personnes qui en ont un urgent besoin.

L'évêque s'était tu. Il avait parlé d'un ton grave, en pesant le sens de ses mots, et il attendait maintenant un geste, une parole. Il semblait l'interroger du regard, un regard qui n'avait rien perdu de sa dureté. Ce n'est qu'alors, dans le silence, qu'elle avait paru se réveiller. Elle avait balbutié :

— Je m'occupais des fichiers, des tableaux des entrées et des listes des pertes. Rien de plus...

Le prêtre l'avait interrompue.

— Ne m'expliquez pas ce que je n'ai pas besoin de savoir. Cela ne m'intéresse pas. Il me semble nécessaire, malgré tout, de vous avertir que vous n'avez pas besoin de chercher un refuge de l'autre côté des mers. Un an, deux, qui sait, quelques mois seulement, peut-être, et vous pourrez trouver un emploi en Allemagne, dans n'importe quelle mairie ou entreprise privée, sans qu'on vous accuse de quoi que ce soit. Devant la loi, vous avez été et vous serez encore une employée d'administration qui a trouvé du travail à l'armée sans participer aux actions de guerre. Je comprends votre peur devant la progression d'une armée de bêtes excitées par la victoire. Mais elle est disproportionnée. Je vous le répète : vous n'aviez, vous n'avez rien à craindre.

Il l'avait regardée comme s'il attendait un signe d'accord. Il n'avait vu devant lui qu'une femme encore jeune mais au visage déjà marqué, où la peur qui s'était quelques instants estompée réapparaissait. Le silence était devenu pesant et il était évident qu'aucun mot d'acceptation ne sortirait de sa bouche. Le prêtre s'était incliné devant ce regard fixe qui l'affrontait, attendant, rejetant toute parole sensée.

— L'Argentine est aujourd'hui le seul espoir de ceux qui, comme nous, mènent la croisade contre l'athéisme. Nous y avons des amis, des gens qui conseillent les fonctionnaires chargés d'autoriser l'immigration de personnes sans documents d'identité valables. L'un d'eux peut écrire en marge de votre demande un P : cela signifiera que votre dossier, bien qu'incomplet, a été approuvé par la présidence.

Une lueur d'espérance apparut dans le regard de la femme, vacilla sous le poids de son incrédulité et néanmoins demeura, fragile, tandis qu'elle écoutait les paroles du prêtre.

— Je peux vous promettre un sauf-conduit de la Croix-Rouge au nom de... disons Therese Feldkirch, pour garder les initiales de celui que vous avez en votre possession ; et aussi une déclaration du Vatican certifiant votre condition de catholique. Ce document vous permettrait de débarquer à Buenos Aires sans être refoulée parce que vous feriez partie d'une minorité indésirable, mais il sera conservé par l'administration qui s'occupe de l'immigration. – Il avait fait une nouvelle pause, adoucie cette fois par un sourire moqueur –. Et ce passeport que... je le comprends et ne vous condamne pas, vous aviez pensé dans un moment d'angoisse capable de vous protéger, rangez-le. Je ne pense pas qu'il puisse vous être d'une quelconque utilité, mais on ne sait jamais et de toute façon il occupera peu de place au fond d'un tiroir. Dans quelques années, à Buenos Aires, quand vous aurez obtenu la nationalité argentine, vous pourrez le montrer à vos amis et rire avec eux, comme s'il s'agissait d'une mauvaise blague. Mauvaise et passée.

Elle avait tardé à réagir.

— Mais... pourquoi ? Pourquoi m'aidez-vous ?

Pour la première fois, le prêtre lui avait pris la main. Il l'avait regardée en silence avant de parler, avec un sourire qui n'était plus moqueur. Quand il avait parlé, son ton avait changé : il semblait maintenant imprégné d'une sorte de tendresse lointaine.

— Acceptez les desseins du Seigneur sans poser de questions. La charité existe.

À Buenos Aires il lui arrivait de passer devant les vitrines de la compagnie Dodero, et de s'arrêter pour regarder la maquette du *Yapeyú*, le bateau par lequel elle aurait aimé arriver d'Europe, même en troisième classe, au lieu du cargo où elle avait partagé une des quelques cabines réservées aux passagers démunis avec une anesthésiste belge, femme âgée qui n'aimait pas, Dieu seul sait pourquoi, être qualifiée de belge : elle ne manquait pas une occasion d'insister sur son origine flamande.

— *Flämisch, bitte*, répétait-elle sèchement.

Au milieu de la vitrine il y avait le portrait d'une femme jeune qui saluait du pont d'un navire de la compagnie : blonde, souriante, son teint très clair protégé par un chapeau aussi blanc que son tailleur. La jeune émigrée avait appris à reconnaître ce visage : c'était celui de la femme du président. Dans une autre vitrine de la même compagnie, un cadre doré, sur lequel se répandait un ruban bleu ciel et blanc, entourait une autre photo de la même femme, manifestement prise dans un studio : elle la montrait de profil, et elle ne souriait plus, mais avait un regard assuré, sévère ; elle était couronnée par un nid de boucles touffu et arborait une riche parure, composée d'un collier imposant et de lourds pendants d'oreilles. On voyait en travers de la photo une dédicace autographe à M. Alberto

Dodero. Frau Dorsch devait lui expliquer que ce potentat l'avait accompagnée lors de sa récente tournée européenne et s'était associé au nouveau régime pour éviter l'expropriation pure et simple de la flotte familiale. Et il était évident que cette photo captait chez cette belle femme un sentiment d'autorité, la conscience d'un pouvoir fraîchement acquis : elle daignait signer son portrait, avec un dédain monarchique, au magnat qu'elle avait elle-même sauvé de la ruine.

« La charité existe » : les derniers mots de l'évêque de Gênes lui venaient souvent à l'esprit, sans y être invités. Elle était parvenue à reléguer tant de choses dans un coin retiré de sa mémoire... Quelques semaines avant d'être acceptée par la Wehrmacht, elle avait mis au monde une fille et l'avait emmenée avec elle au camp. Plus tard, elle l'avait confiée à une famille de paysans polonais qui semblaient accepter de bon gré l'occupation allemande. Tous les dimanches, elle leur apportait des provisions inaccessibles pour eux, réservées au personnel du camp, et une barre de chocolat suisse pour sa fille. Il vint un moment où elle commença à espacer ses visites, jusqu'à les interrompre un jour ; elle ne sut jamais, ni essaya de comprendre, si c'était simple prudence, parce qu'elle avait eu l'intuition d'une catastrophe future, ou pure désaffection. La petite avait alors deux ans et demi. Maintenant, à Buenos Aires, le souvenir de ce visage commençait à s'estomper, à se confondre avec ceux d'autres petits enfants blonds aux yeux bleus, souriant sur les publicités pour le savon et le talc collées aux murs d'une ville où tant d'enfants avaient les cheveux noirs et les yeux foncés.

Elle se rappelait, pourtant, le médecin idéaliste, à peine entrevu au camp, autorité qui ne fréquentait pas le personnel subalterne. On l'avait autorisé à installer son propre laboratoire, et ses assistants n'avaient de contacts qu'avec les officiers. Elle avait eu vent de commentaires sur les expériences qu'il réalisait avec des Gitans et des Juifs aux yeux noirs. Il voulait que tout le monde puisse avoir des yeux bleus, clairs, lumineux : des yeux comme ceux qui naissaient en terre germanique, des yeux qui avaient appris à reconnaître le monde en regardant ses montagnes et ses vallées, ses *Edelweiss* et ses *Maiglöckchen* – fleurs qui n'avaient pas de nom dans la nouvelle langue –, tout en respirant le parfum des tilleuls annonciateur de l'été. Qui sait où il pouvait bien être maintenant...

Elle avait peu de disposition pour la nostalgie ou le ressentiment. Elle regrettait cependant que la pauvreté dans laquelle elle avait grandi, le manque d'horizon de sa mère, l'absence d'un père moins résigné, l'aient empêchée de faire des études d'infirmière. Qui sait si, au lieu de ranger dans un fichier les papiers des prisonniers qui arrivaient au camp, pour les transférer ensuite dans un fichier parallèle quand ils avaient été liquidés, elle n'aurait pas pu travailler comme assistante de ce médecin, gagner sa confiance, participer au programme d'eugénisme (elle avait entendu ce mot au camp et l'avait conservé dans sa mémoire, humble fragment d'un savoir dont elle se sentait exclue), à l'élaboration d'une humanité supérieure, susciter ainsi le respect des officiers...

Un soir, en rentrant à la pension, à pied comme toujours, alors qu'elle se trouvait dans l'avenue Independencia, un bras la retint, l'entraîna derrière la palissade d'un immeuble en construction, et lui ferma la bouche pendant qu'une autre main, impatiente, fouillait sous sa robe et déchirait ses sous-vêtements. Elle ne sut jamais s'il s'agissait de deux hommes ou de trois. Dans l'obscurité, elle vit briller des yeux foncés, sentit le contact rugueux de figures non rasées, l'odeur du vin. Peu importait à ces hommes qu'elle fût devenue insensible à toute agression ; ils murmuraient des mots obscènes, des insultes, comme si elle avait pu encore subir un outrage, comme si elle gardait intacte une partie de son corps après quatre ans de service dans une armée d'occupation ; ces hommes sans visage, aux bras énergiques et aux verges raides, avaient besoin de croire qu'en s'introduisant dans son corps ils lui causaient de la douleur ou de la honte : seule l'humiliation de la femme pouvait garantir leur satisfaction. Ils finirent par décharger, l'un après l'autre, l'urgence d'un désir qui n'éveilla en elle ni dégoût ni plaisir. Ils la renvoyèrent sans ménagement sur l'avenue déserte du paseo Colón. Elle vérifia qu'elle avait toujours l'argent rangé dans son porte-monnaie, que les griffures de son bras droit ne saignaient pas, que le talon cassé d'une de ses chaussures ne l'empêchait pas de parcourir les quelques blocs d'immeubles qui la séparaient de la pension.

Quand ses règles suivantes se firent attendre, et qu'elle finit par comprendre qu'elle était enceinte, elle ne pensa pas, comme elle l'aurait fait par le passé, à avorter. Des années plus tard, elle verrait jouer à ses pieds un enfant aux yeux noirs et aux cheveux foncés : le Seigneur lui avait envoyé le châtiment qu'elle méritait pour avoir abandonné, des années plus tôt, une enfant blonde, aux yeux clairs. Et ce petit garçon, dont elle n'avait pas vu le visage du père, elle l'aimerait plus que quiconque dans toute son existence. Elle avait décidé que cet amour serait son expiation.

Elle lui donnera le nom de Federico, à cause de l'empereur Barberousse, dont le portrait illustrait les cahiers de l'école primaire où elle avait dessiné ses premières lettres. Elle le verra grandir, yeux noirs, cheveux noirs, et que, lors de ses premières sorties avec lui au marché de la rue Defensa, le marchand de légumes l'appelle *Chinito* en adressant à sa mère un clin d'œil complice qui signifiait « allez savoir qui est le père », cela ne la dérangeait pas. Elle riait sans amertume en pensant que son fils n'aurait jamais de barbe rousse comme l'empereur.

Bien avant ce jour-là, en ce soir de novembre 1948 où, assise sur son balcon, cette femme suit d'un regard distrait la maigre circulation, les passants occasionnels du paseo Colón, ce qui la préoccupe est une question peut-être banale, mais qu'elle a ruminée durant des semaines.

Ce soir-là, finalement, elle a décidé de ne plus se teindre les cheveux, de renoncer à ce châtain foncé peu convaincant qui aurait dû favoriser la ressemblance avec la photo du passeport de Taube Fischbein. Dès le lendemain elle laissera paraître le blond décoloré avec lequel elle est née, sans se préoccuper des mèches grises conquises avec les ans.

Cette décision lui procure un certain soulagement.

# 3.

## Août 1960

*One need not be a chamber to be haunted ;*
*One need not be a house ;*
*The brain has corridors surpassing*
*Material place.*

EMILY DICKINSON

Jamais elle n'a pensé faire des projets d'avenir, comme si elle ne pouvait imaginer un monde hors de la cuisine de la rue Maipú, de ses murs de plus en plus noircis par des années de goulasch, d'*Eisbein* et de *Sauerkraut* hérités de la veille, quand ce n'est pas de la semaine précédente. Ses années de paix dans le pays d'asile plus que d'adoption n'ont pas effacé l'impression de précarité qui imprègne chacun de ses gestes.

Mais elle n'a plus peur. La peur, c'est ce qu'elle avait ressenti quand elle traversait des frontières dans la neige et le froid, des villes abandonnées à la veille de changer de maître, quand elle attendait le sauf-conduit dit de « libre débarquement » qui lui permettrait de faire la traversée, rêvait-elle, sur un navire altier de la compagnie Dodero, dont le nom, qui évoquait le gouvernement lointain et ami, la rassurait. Elle avait investi ses derniers francs suisses en misérables pots-de-vin à l'efficacité toujours douteuse, pour finir par embarquer sur un cargo malodorant. Elle n'avait plus ressenti cette peur depuis son arrivée à Buenos Aires. De l'incertitude, oui. De l'appréhension, peut-être. Mais de la peur, non.

Un soir, pourtant, elle avait de nouveau éprouvé quelque chose d'approchant, ou plutôt elle s'en était souvenue. Dans la cuisine du restaurant, il n'y avait plus de *Rollmops* ni de *Gurken*. Le fournisseur n'avait pas effectué sa livraison hebdomadaire, son numéro de téléphone restait obstinément muet, et la possibilité que, harcelé par des créanciers, il ait décidé de fermer son établissement sans prévenir devenait vraisemblable. Le patron du restaurant lui avait demandé d'aller en chercher une quantité suffisante pour le dîner de ce jour-là dans un magasin spécialisé, dont les prix étaient moins abusifs que ceux des *Delikatessen* de Belgrano. Quand elle lui avait demandé la traduction en espagnol, le vieux Bavarois avait ri.

— Vous n'avez pas besoin de le savoir. Si vous voulez, vous pouvez dire harengs roulés autour d'un oignon avec des cornichons vinaigrés, mais je vous assure qu'on vous comprendra parfaitement si vous dites *Rollmops* et *Gurken*.

La boutique était située à un coin de rue bruyant, entouré d'ateliers de confection, de magasins de gros aux vitrines bourrées de tissus, de rubans et de boutons. Les passants se frayaient un chemin au milieu d'une circulation ininterrompue de camionnettes et de chariots qui chargeaient et déchargeaient les marchandises. L'intérieur de l'établissement lui avait paru sale et en désordre : le plancher était couvert de sciure, les employés plongeaient les bras dans de grands tonneaux d'où ils extrayaient des poissons fumés, secs ou en saumure ; il y avait des sacs de céréales inconnues, de la charcuterie placée en permanence sur les machines qui en coupaient de temps en temps de fines tranches ; il y avait, surtout, une odeur, mi-âcre mi-douceâtre, mélange de chou et de betterave, qu'elle ne parvenait pas à identifier mais qui, cela ne faisait aucun doute, correspondait à quelque chose qui était archivé dans un coin de sa mémoire.

Deux hommes discutaient à côté d'elle dans ce qu'elle avait pris tout d'abord pour un dialecte allemand ; presque aussitôt, elle s'était rappelé avoir entendu ce jargon au camp, dans la bouche des hordes qui sortaient chaque jour des wagons venus de quelque part dans l'Est. Brusquement elle avait compris.

Ces gens parlaient yiddish… Elle était dans un magasin juif. Elle avait été tirée de son trouble par un homme qui se frottait les mains sur un tablier de toile cirée. Il riait de bon cœur et ne semblait pas avoir de doutes sur l'identité de la cliente qui venait pour la première fois dans son magasin.

— C'est notre nouvel ami qui vous envoie, notre vieil ennemi de la rue Maipú, pas vrai ? Je lui ai préparé un paquet de *Rollmops* et de *Gurken* pour plusieurs jours. Et dites-lui que s'il nous prend comme fournisseurs il n'aura pas à se plaindre, ni de la qualité ni du prix.

Incapable de prononcer un mot, elle avait esquissé une grimace qui n'avait pu se transformer en sourire, mais l'homme était trop occupé pour le remarquer. Il était revenu de l'arrière-boutique avec un paquet qui allait obliger la jeune femme à faire très attention quand elle monterait dans le tramway. Le marchand avait murmuré quelque chose comme « pas d'urgence pour le paiement » et élargi son sourire pour lui dire au revoir avec un « *Mazel tov* » qui avait semblé moqueur à ses oreilles chrétiennes.

Elle était sortie dans la rue et, à cet instant précis, elle avait eu l'impression de se retrouver en territoire dangereux. Les pièces de tissus de couleurs vives dépliées à l'entrée des boutiques lui faisaient horreur, comme si ce commerce cachait dans son tréfonds un de ces lupanars de petites filles séquestrées, trafic auquel, lui avait-on expliqué à Vienne, se livrait souvent la race inférieure. Le garçon qui léchait paresseusement son cornet de glace lui jetait un regard torve. Deux femmes qui échangeaient des potins à voix basse s'étaient tues quand elle était passée près d'elles. Sur le trottoir d'en face, un vieil homme à barbe blanche, chapeau noir à large bord et redingote tout aussi noire, s'était arrêté et ne la quittait pas des yeux.

Se pouvait-il qu'il y eût des survivants parmi eux ? Était-il possible que l'un d'eux la reconnaisse ?

Non, ce n'est pas la peur qui l'avait assaillie alors, mais une appréhension sourde, la possibilité que ses efforts pour annuler une partie de sa vie aient été inutiles.

Elle était montée dans le premier tramway qu'elle avait vu arrêté au coin de la rue et avait choisi une banquette avec une place libre à côté d'elle pour poser son paquet d'où émanait, sous forme concentrée, l'odeur impure qui imprégnait le magasin.

Au bout d'un moment, elle s'était enfin rendu compte que le tramway n'allait pas dans la direction du restaurant.

Un jour Frau Dorsch, dont personne n'avait pris la peine de calculer l'âge, tombera malade ; avec une énergie inattendue, elle s'obstinera à ne pas quitter une vie à laquelle seuls semblaient la rattacher quelques cancans et les maigres loyers de ses locataires. Eux aussi auront vieilli : les Roumains, l'un devenu la caricature de l'autre, se décideront pour un hospice de banlieue ; la Hongroise émigrera à Asunción, en tant que femme légitime d'un officier de l'armée du Paraguay ébloui par Dieu sait quelles promesses d'expérience érotique ou mondaine.

Le podologue ombrageux, en revanche, connaîtra quelque chose comme une fin heureuse, ou du moins un dénouement européen : par une nuit d'hiver, il avait attendu sous la pluie son idole de jadis à l'entrée des artistes du Teatro Colón ; Kreutzberg, que quelques kilos de trop n'empêchaient pas de ressusciter ses chorégraphies les plus applaudies pour une tardive tournée sud-américaine, non seulement le reconnut, mais l'invita aussitôt à un souper de minuit à l'hôtel Claridge. Après le repas, l'invité, fort ému, incrédule, reçut une offre qu'il n'aurait pas osé imaginer : accompagner le *Tanzmeister* dans la nouvelle étape de sa carrière, qu'il était en train de préparer ; il serait son secrétaire à l'école de danse qu'il se proposait d'ouvrir en Suisse. Quelques mois après, Frau Dorsch recevrait de Berne une carte postale avec les salutations de son ex-pensionnaire ; sur l'image, un couple d'ours joueurs fait des pirouettes dans la fosse que leur réserve la ville à laquelle ils ont donné leur nom.

Les chambres vacantes seront occupées par des natifs de province pauvres, par des survivants de désastres familiaux ou de crises économiques ; aucun de ces nouveaux venus n'aura de relation avec le passé cosmopolite, plutôt trouble, de la pension. Prostrée, Frau Dorsch confiera à sa locataire la plus réservée, seul lien avec les temps anciens, le soin de la cuisine et une partie considérable de ses revenus périodiquement dévalués. Ce sentiment de sécurité ne rend pas heureuse cette femme qui en regardant une simple carte postale de Berne a entrevu la possibilité que tout récemment encore elle jugeait inconcevable : retourner en Europe. Peu lui importe tout ce qu'elle a entendu dire : que Vienne est une ville occupée, qu'en Allemagne on apprend aux jeunes gens à avoir honte du passé, qu'on y accueille sans sympathie ceux qui reviennent. Une obscure insatisfaction commence à la tarauder, une *Sehnsucht* sans nom qu'elle n'a jamais connue jusque-là.

Le restaurant de la rue Maipú, où elle ne travaille plus, lui manque. Elle ne supporte pas l'idée de passer de longues journées enfermée à la pension, tenue moins par les tâches domestiques que par la loquacité de Frau Dorsch, que les ans ont soulagée de toute discrétion : « J'ai eu mon dernier homme à cinquante-huit ans, il était de Hanovre, rien dont on puisse se souvenir et pourtant je me souviens de lui parce qu'il n'y en a pas eu d'autre après. » Plus d'un soir, très tard, elle retournera d'un pas quasi automatique à la berge qui descend en longeant la place San Martín vers une gare de chemin de fer à l'architecture britannique.

Le Bavarois la reçoit avec une joie débordante, l'invite à dîner tous les soirs, mais elle, par délicatesse, n'accepte qu'un dessert et une bière, tout au plus un verre ou deux d'aquavit. Pour les vieilles connaissances, le patron sort de dessous le comptoir une bouteille de Malteser Kreuz dont le contenu n'a pas été adultéré ; une bouteille identique, exposée contre la grande glace derrière le bar, contient une eau-de-vie locale dont le nom, Rikiki, fait rire le Bavarois, qui imite sa publicité ave un faux accent portègne : « une boisson d'hommes ». Souvent, de vieux *habitués*[1] partagent sa table, des visages que lors de ses années de cuisine elle avait entrevus plus jeunes, pas encore bouffis. On ne parle jamais du passé qui les a amenés jusqu'à ces côtes lointaines, tout au plus commente-t-on les vicissitudes de la politique locale.

1. En français dans le texte.

Août 1960

Vient le moment où un coup d'État secoue cette routine. La chute du général-président a bouleversé l'échiquier de protections et d'influences auquel ils avaient fait confiance des années durant. Tous les clients habituels ont maintenant des papiers d'identité argentins, avec des noms qui ne peuvent éveiller de soupçon ; pourtant, ils sont inquiets, comme si de vieux fantômes pouvaient revenir les harceler.

Elle entend dire à mi-voix qu'un certain Pavelić, après avoir survécu à deux balles de Magnum chez lui, dans les faubourgs de Buenos Aires, a décidé d'émigrer en Espagne. Ce nom lui dit quelque chose mais elle ne l'associe à aucune image, aucune anecdote. Elle suit la conversation, la controverse occasionnelle, même, avec un vague sourire d'approbation, sans comprendre quelles loyautés sont en jeu : quelqu'un de sceptique s'empresse d'écarter une possible vengeance de Chetniks contre Oustachis ; un autre soutient que l'hypothèse d'une action juive à un moment où la collectivité s'efforce de garder profil bas est encore plus improbable ; quelqu'un se rappelle, avec une grande prudence dans le ton, la disparition de l'or de la Banque centrale de Zagreb, son transfert en Autriche au moment où les guérilleros de Tito abolissaient l'État croate créé par le Troisième Reich, opération confiée à Pavelić. C'est aussi l'occasion de lire à voix haute des lettres d'amis installés au Canada ou en Australie, de regretter de ne pas s'être risqué à chercher refuge dans ces pays de stabilité politique et de généreuse amnésie : les « hommes forts », comme le général-président, peuvent se sortir des situations difficiles et se soustraire aux lois, personne ne le discute, mais leur permanence au pouvoir n'est pas éternelle. « Quoique, là-bas ils ont le Generalíssimo… »

Elle les entend aussi parler de *Der Weg*, journal publié en allemand par une librairie de la rue Sarmiento. Elle en avait vu parfois un numéro oublié sur une table du restaurant. Elle l'avait feuilleté, espérant y trouver des nouvelles de sa patrie, mais il ne parlait que de politique : du destin de l'émigration forcée exigée par les vainqueurs de la guerre, de l'effort des émigrants pour maintenir les valeurs de la culture allemande malgré le matérialisme imposé par Américains et Russes. Un autre article signé relatait les expériences de son auteur à l'époque du Reich. Elle n'avait pas eu envie de le lire : il la renvoyait à tout ce qu'elle avait voulu supprimer de sa mémoire. Elle entend les hommes raconter que la diffusion de *Der Weg* est interdite en Allemagne, décision des nouveaux maîtres, des Allemands qui collaborent avec les vainqueurs. En Autriche, cependant, il y a un coreligionnaire qui le reçoit de Buenos Aires par liasses et qui fait parvenir les exemplaires à qui de droit.

Elle les écoute en silence. Ces intrigues, elle en est convaincue, ne la concernent pas. De plus, elle se sait un peu naïve, peut-être un peu sotte. Quand elle entend parler d'intérêts cachés, d'alliances tacites, elle pense qu'il existe un monde étranger à son expérience, une sphère qui dépasse sa compréhension. Elle est reconnaissante à sa vie de s'écouler dans l'ombre, sans qu'elle ait besoin de s'intéresser à ces intrigues. La politique ne l'a jamais attirée : elle admet, de façon implicite, et sans le regretter, que c'est une affaire d'hommes.

Elle ne se sentira pas menacée non plus le soir où un blizzard semblera s'être abattu sur les clients du restaurant. Bouleversés, ils lui racontent qu'un commando israélien a enlevé un mécanicien de chez Mercedes-Benz, dans la concession de González Catán. Il s'agit d'un Allemand, ou d'un Italien du Tyrol du Sud – les *habitués*[1] ne se mettent pas d'accord –, qui à une époque avait travaillé à Tucumán et habitait maintenant un faubourg pauvre de la ville, dans une maison de brique construite de ses mains avec ses fils ; les agents israéliens l'attendaient un soir, à la descente du bus qui le ramenait

1. En français dans le texte.

chez lui. Ils l'avaient séquestré plusieurs jours dans un endroit secret, puis l'avaient fait sortir clandestinement du pays pour l'emmener en Israël, où on lui préparait un procès aussi spectaculaire que ceux de Nuremberg.

Certains croient l'avoir connu quand il travaillait comme contrôleur dans une fabrique de chauffe-eau, d'autres plutôt quand il possédait un élevage de lapins. Les souvenirs ne coïncident pas, parfois même ils se contredisent ; elle a l'impression qu'on parle de personnes différentes, mais elle remarque aussi que derrière ces incongruités se dissimulait un personnage hors du commun. Le Bavarois s'impatiente et de sa caisse somme ses clients, d'une voix forte accompagnée par un sourire dur, de changer de conversation.

Elle, ces histoires ne l'impressionnent pas. Ce qui l'amuse, en revanche, c'est d'entendre que du jour au lendemain, plusieurs familles allemandes de Bariloche avaient abandonné leurs pavillons et décidé de franchir la frontière pour aller passer des vacances improvisées au Chili, « jusqu'à ce que la tempête se calme ». Parmi ces gens se trouvait la propriétaire d'une pâtisserie qui confectionne des confitures artisanales ; elle avait laissé sa petite entreprise à la charge d'une employée imprudente, qui avait oublié de fermer la boutique à clef à l'heure du déjeuner et qui en revenant de sa sieste avait trouvé le salon de thé rempli d'élèves de la Deutsche Schule, en train de jouer, de chanter, de rire, la bouche pleine et la figure barbouillée de sirop de sureau, de *rosa mosqueta* et de *Boysenberries*, spécialités régionales qui avaient fait la renommée de la Konditorei Süsses Leben.

Vers cette époque où une angoisse qu'ils croyaient avoir chassée resurgit et assaille les réfugiés à Buenos Aires, à Moscou Evgueni Khaldei connaît un moment de tranquillité. Cela fait plusieurs mois qu'il travaille pour la *Pravda*. Les années où il a dû se contenter de photographier des tournois de juniors, des anniversaires, des fêtes familiales, sans contact avec l'actualité dont l'agence Tass ne confiait pas l'image publique à l'appareil photo d'un Juif, ces années-là sont terminées. Nikita Krouchtchev conduit alors la destinée de l'Union soviétique, après avoir défenestré la figure historique de Staline.

Ce sont des temps de moindre tension pour la Guerre Froide. Un photographe américain de passage à Moscou rend visite à celui dont il a entendu parler comme du « Capa russe » : il y avait une certaine coïncidence d'instinct entre Khaldei et Robert Capa pour saisir le moment historique. Le visiteur comprend, mais ne dit pas, par politesse, que le fondateur de l'agence Magnum ayant travaillé pour les États-Unis, son œuvre a connu une diffusion internationale et lui a assuré une prospérité inimaginable pour le photographe russe. Celui-ci, flatté par la curiosité de son jeune collègue, lui raconte qu'il s'est trouvé avec Capa aux procès de Nuremberg, et que l'Américain lui a offert un appareil Speed Graphic. Le visiteur va lui révéler que Capa est un Juif hongrois, et qu'en réalité il s'appelle Endre Friedmann.

Les deux hommes apprennent à mieux se connaître autour d'une bouteille de vodka. Khaldei suggère que la photographie du drapeau soviétique sur le toit du Reichstag aurait pu être inspirée par celle que Joe Rosenthal avait prise d'un soldat américain plantant son drapeau national à Iwo Jima.

— C'était une mise en scène, explique le visiteur. Cela ne veut pas dire que la photo soit un faux, c'est simplement la répétition d'un geste qui s'était produit dans la réalité, réitéré par l'appareil photo.

Khaldei raconte alors que sa photo aussi était une mise en scène. Il avait utilisé un rouleau entier, trente-six poses avec des petites variations d'angle et de position des personnages. C'était le 2 mai, trois jours après la prise réelle du bâtiment. Il avait eu l'idée de cette image, qui devait symboliser pour les temps à venir le triomphe de l'Union soviétique sur le nazisme, mais il n'avait pas trouvé de drapeau photogénique dans l'équipement de l'Armée Rouge. Il avait alors pris un avion pour Moscou, où il n'en avait pas non plus trouvé durant les quelques heures dont il disposait. Il avait emprunté des nappes rouges à un commerçant, un certain Grischa Lubinski, et avait fait appel à son oncle, tailleur de profession, pour les assembler et y coudre marteau, faucille et étoile jaunes. Il était rentré à Berlin, toujours par avion, et avec trois camarades était monté sur le toit du Reichstag, tandis que dans les sous-sols on fêtait la victoire à la vodka et que dans la rue, bien que la nouvelle de la mort du Führer fût déjà de notoriété publique, il y avait encore quelques derniers résistants qui combattaient et qu'on entendait des tirs sporadiques.

— J'ai greffé sur le négatif la fumée noire qui assombrit le ciel, comme si la bataille était à son apogée, explique le photographe russe. Cela augmente l'effet dramatique. Après une pause il ajoute : cela contribue à l'authenticité.

À Buenos Aires, cette femme que n'inquiète pas l'enlèvement d'un criminel de guerre sent que son fils l'empêche de faire abstraction de cette nouvelle, de l'archiver très loin de ses pensées quotidiennes. Federico a maintenant douze ans et il lit les journaux avec avidité, celui que Frau Dorsch reçoit par habitude et qu'elle regarde à peine, ceux que personne ne réclame au restaurant et que sa mère lui rapporte tous les soirs ou presque.

Elle a depuis longtemps relégué dans ce recoin obscur de sa mémoire d'où rien d'incommodant ne surgira plus, l'éclair de violence d'une nuit, le bâtiment en construction du paseo Colón, quand, passant devant un gril, lui parviendra une odeur de viande rôtie, presque brûlée : comme l'aiment les habitants du pays. Son fils va grandir, absorbé dans des livres dont elle pensera qu'ils ne lui seront d'aucun profit. Un beau jour, il lui annoncera qu'il a trouvé du travail comme vendeur dans une librairie. Un autre, qu'il s'est inscrit à la faculté de sociologie. Tout à coup, il aura dix-huit ans et cultivera une barbe rare, qui lui assombrira le visage et donnera une lueur inattendue à son regard.

Elle qui l'aura aimé avec passion et sans hésitation, elle n'a pas besoin d'attendre ce moment pour commencer à comprendre, ou pour devoir admettre, que son fils est un étranger. Elle n'arrive pas à savoir pourquoi, toujours muet, il semble rongé par une insatisfaction sans nom, par le désir de quelque chose d'inconnu ou par la nostalgie... de quoi ?

*Sehnsucht*... Elle a toujours méprisé ce sentiment. Elle a connu la peur, oui, une peur atavique et le besoin de se sentir à l'abri, et aussi un certain ressentiment obscur dû à la situation sociale à laquelle elle a été condamnée, mais cette rancœur elle-même, bien que récurrente, ne dure jamais très longtemps. Il est certain qu'elle n'a jamais été portée sur l'introspection ; son fils, en revanche, grandit plongé dans des pensées qu'elle n'ose pas lui demander d'exprimer. À un certain moment elle en arrivera à éprouver de la méfiance face à cet être indépendant, insondable, ce qu'est devenu avec le temps l'enfant que des années plus tôt elle a porté dans son corps.

Oui, Federico a maintenant douze ans et il est chaque jour plus difficile de répondre à ses questions. Elle n'a pas besoin de lui expliquer qu'il y a eu une guerre, que les Allemands l'ont perdue, qu'ils ont été stigmatisés aux yeux du monde : la télévision, qui commence à diffuser des doses massives de films américains, ne fait que lui confirmer ce que les « programmes triples » du cinéma Cecil, tout près de la pension, lui ont déjà appris. Les héros sont les Américains, des acteurs sympathiques aux traits indifférenciés et au sourire facile ; les méchants sont les Allemands, visages marqués, où la vie a déposé des sillons et des rides, personnages sévères, vociférants, au regard froid et parlant avec un accent où l'enfant reconnaît parfois les intonations de la voix tellement plus tendre de sa mère.

Le Cecil est devenu un refuge hors du foyer. La chambre de la pension est trop étroite pour lui, étouffante, les locataires lui semblent gris, usés, sans aucune promesse d'évasion. À peine sa mère est-elle partie pour le restaurant qu'il sort se promener dans le quartier, pas dans le parc Lezama, où il va le dimanche avec elle, mais dans les rues bordées de vieilles maisons qui semblent abandonnées, à la façade lézardée, au crépi écaillé, où une porte entrouverte lui permet de distinguer un long couloir, une cour avec des pots de fleurs, de temps en temps une femme en blouse qui étend du linge, et une odeur de cuisine, toujours la même, qu'il ne sait pas identifier mais qui l'invite à poursuivre son chemin sans s'arrêter.

Le placeur du Cecil le laisse entrer sans payer. « Vas-y, *Chinito*, maintenant », il l'encourage à se faufiler dans la salle obscure quand le reste du public est installé et que la caissière a repris sa lecture de *Maribel*. Le lendemain matin sa mère l'écoutera patiemment. Il lui raconte les films qu'il a vus, récit précipité, avec des lacunes qui le rendent difficile à suivre mais elle préfère cette nébulosité et ne l'interrompt pas pour lui demander des explications ; elle sait qu'ensuite viendront les questions.

L'heure du petit déjeuner est aussi le moment où l'attend un interrogatoire sur ce que son fils a vu l'après-midi précédent, presque jamais des questions sur les comédies musicales ou les films « d'action ou à suspense », encore moins sur les films argentins, qui l'ennuient avec leurs actrices mielleuses et leurs intrigues anodines. En revanche, les films de guerre excitent sa curiosité, et sont presque toujours américains, quelquefois anglais. Federico est un bon lecteur, sa vue parcourt rapidement les sous-titres, son oreille attentive a appris à identifier de nombreux mots anglais et il les répète avec application. Ses questions sont innocentes, mais peuvent être désarmantes.

Qu'est-ce que c'était que ces camps dits de concentration, pourquoi les Juifs ont été déportés, est-ce que c'est vrai qu'ils y travaillaient comme des esclaves jusqu'à ce que la maladie leur ôte toute valeur, est-ce que c'est vrai qu'alors ils étaient éliminés... Elle ne répond pas, ou remet sa réponse à plus tard, ou la formule vaguement. Il comprend que ces histoires ont quelque chose à voir avec le passé de sa mère, un passé qu'elle préfère oublier, mais qui, pour cette raison même, le poursuit, lui, comme un mystère à la fois proche et inaccessible. Elle voudrait prolonger ces moments en compagnie de son fils, mais elle se surprend souvent à être impatiente de quitter la chambre de la pension pour se réfugier dans la cuisine du restaurant, où personne ne lui demandera rien.

À l'école, on a déjà dit à Federico Fischein qu'il est juif. Pourquoi ? Qu'est-ce que cela signifie ?

— Tu t'en es sorti parce que tu es né ici, mais si ta mère ne s'était pas tirée à temps d'Allemagne, aujourd'hui tu serais du savon…

Pourquoi, toujours pourquoi. Tout ce que sa mère trouve à lui dire, c'est que le nom n'a pas d'importance, qu'on ne l'a jamais élevée dans la religion et que, même si le leur peut avoir l'air juif, il y a beaucoup de noms, Hirsch, Altenberg, Berger, qui en Allemagne sont portés autant par des Juifs que par des Aryens.

— Qu'est-ce que ça veut dire, Aryen, maman ? Pourquoi est-ce que c'est une race supérieure ? Et pourquoi on dit des Juifs qu'ils sont une race élue ? Élue pour quoi ? Pour la destruction ?

Quand revient le printemps et que les nuits deviennent chaudes, Federico a pris l'habitude de coucher sur le balcon : sa mère le prévient que l'air fraîchit à l'aube, qu'il peut s'enrhumer, mais peu lui importe, même, d'être réveillé par la première lueur du jour, alors que sa mère, protégée par les persiennes et les rideaux, dormira deux heures de plus. Parfois, en attendant le sommeil, elle pense qu'à deux mètres de son lit, invisible, dort ce fils qui prend, peu à peu, de la distance avec sa mère. Elle comprend que cela ne lui plaise pas de dormir dans la même petite chambre de pension, qu'il recherche dans les après-midi au Cecil une vie imaginaire propre à tempérer l'étroitesse de la vie quotidienne, que très vite il connaîtra la rébellion, les impulsions de l'adolescence. Elle se lève et, sur la pointe des pieds, va vers le balcon et tire le rideau sur quelques centimètres pour le voir dormir. Elle se demande s'il a déjà découvert les inquiétudes de la puberté, s'il se masturbe. Elle le regarde avec tendresse, en souriant, mais elle devine en lui quelque chose qui lui échappe, qu'elle ne sait nommer. Peut-être commence-t-elle à comprendre qu'aucun enfant n'accepte calmement d'être le prolongement de ses parents.

Oui, à mesure qu'elle le voit grandir, et qu'elle entend sa voix changer, qu'elle voit sur sa lèvre supérieure une précoce ombre virile, bien avant ces dix-huit ans qui feront de lui un homme jeune, inconnu, grandit aussi en elle quelque chose qui ressemble à de la peur.

Elle ne sait pas que souvent lors de ces nuits du début du printemps, quand elle épie, cachée derrière le rideau, en prenant garde à ne pas faire de bruit, ce fils qui a tiré son matelas à l'air libre, en quête d'un début d'indépendance, le jeune garçon immobile qu'elle observe ne dort pas. Il a les yeux grands ouverts, même si elle ne peut pas les voir parce que son visage est tourné vers la rue.

De son balcon au deuxième étage d'un immeuble anonyme du paseo Colón, Federico espère découvrir les mystères, qu'à douze ans il imagine nombreux et fascinants, de la vie nocturne : la vraie, celle qui s'écoule hors de la chambre de pension où dort sa mère, celle que le cinéma lui a promise. Ce couple qui marche d'un pas rapide sur le trottoir d'en face, qui est-il ? Où va-t-il ? Quand il passe dans le cercle de lumière projeté par les réverbères et qu'il distingue les cheveux teints, le maquillage lourd de la femme, Federico l'associe à un de ces films qu'il a vus aux séances de l'après-midi du Cecil… Et cette voiture qui s'arrête au coin de l'avenue pour le laisser traverser ? D'où vient-elle ? Qui est au volant ? Il y a un homme seul, costume croisé, cravate bien ajustée et chapeau enfoncé jusqu'au front, debout à l'autre coin de la rue, depuis plus d'une demi-heure ; brusquement, il doit s'être lassé car il a disparu, pour aller où ? Déception ? Soulagement, peut-être ?

Les après-midi au Cecil ont éveillé dans l'imagination de Federico un appétit de fiction. Un soir viendra où le balcon du deuxième étage ne lui suffira plus. Avec une discrétion sans doute inutile parce que Frau Dorsch n'a d'yeux et d'oreilles que pour la télévision, si toutefois le sommeil ne l'a pas déjà gagnée, il se glisse dans la rue. Il a dans la poche son bien le plus précieux : la clef que sa mère croyait perdue quelques semaines plus tôt, dont il a fait faire un double. Il sait qu'elle rentre après minuit, entre deux et trois. Il a devant lui plusieurs heures de liberté, et il espère que l'aventure sera au rendez-vous.

Le paseo Colón, maintenant qu'il marche sur le trottoir, ne lui révèle aucun signe de cette vie promise par les visions fugitives, fragmentaires, que permettait le balcon du deuxième étage. Il croise quelques rares passants : guère plus intéressants ou différents de ceux qu'il a vus pendant la journée, circuler dans les rues Defensa ou Balcarce. Il poursuit son chemin, en espérant que plus loin l'attendent l'imprévu, des personnages moins anodins. Son but est cette grande place lointaine, en face de laquelle il y a un restaurant où il sait que travaille sa mère.

Sur le trajet il découvre des façades peintes de couleurs brillantes avec des représentations de marins, de coquillages et d'étoiles de mer pris dans des filets de pêche, de femmes à jupe de paille et aux seins dissimulés par des colliers de fleurs, de barques entre les vagues écumantes et des notes de musique dessinées sur des portées, qui semblent prendre leur envol. Tout autour des entrées, il y a des guirlandes de petites ampoules colorées attachées avec du fil de fer. Il s'arrête pour observer cet étalage, les portiers lui sourient, l'un d'eux lui lancera une phrase qui lui fera mal, bien qu'il l'attribue au pauvre sens de l'humour de son auteur : « Tu as besoin de manger encore beaucoup de soupe pour pouvoir entrer ici… » Au même moment sortent deux femmes d'âge indéfinissable, avec des colliers et des bracelets qui tintent ; Federico a l'impression qu'elles sont fardées dans les mêmes coloris que les dessins qui décorent la façade. Elles le regardent avec curiosité et rient aux paroles du portier comme si elles étaient drôles.

Plus loin, les passants deviennent plus nombreux. Ils ne font pas attention à lui bien qu'il les déshabille du regard, toujours dans l'attente d'un personnage, d'une attitude qui le sauve du quotidien. D'une voiture descend une femme en robe longue. Il la trouve très belle, vision qui passe en coup de vent devant lui et entre sans s'arrêter dans l'immeuble dont un homme lui ouvre la porte ; elle a laissé dans son sillage un parfum qui enveloppe Federico quelques secondes. Il les regarde s'éloigner derrière la porte de verre dépoli : l'homme passe un bras autour de sa taille et elle appuie la tête contre son épaule.

Presque sans s'en apercevoir, Federico est arrivé au coin de la place. Il la traverse en longeant le côté éclairé, vers le trottoir du restaurant. Deux grandes fenêtres donnent sur la rue, mais une seule lui permet de voir à l'intérieur ; un rideau brodé avec un paysage de montagnes enneigées et de fleurs bleues masque l'autre. Dans l'atmosphère enfumée et la lumière jaunâtre des lampes à abat-jour imitant le parchemin, Federico observe : des hommes, pour la plupart, volubiles bien que leurs voix ne parviennent pas dans la rue ; peu de femmes, souriantes, attentives aux paroles de leurs compagnons ; derrière le comptoir, dos à un miroir terni, un homme corpulent, jovial, prend des notes sur un bloc, se penche pour attraper une bouteille sous le bar, s'escrime sur la caisse enregistreuse ; au fond, les panneaux d'une porte battante s'ouvrent et se ferment régulièrement au passage des serveurs, veste noire courte, tablier blanc noué à la taille et descendant jusqu'aux genoux ; ils apportent de la cuisine des assiettes pleines qu'ils y rapportent vides.

Federico se dit qu'il ne réussira pas à voir sa mère : les portes battantes se referment avant qu'il puisse entrevoir la cuisine où il croit qu'elle travaille. Elle ne lui a pas dit que depuis plus d'un an ses visites au restaurant ne sont qu'une façon d'échapper à la pension, d'aller au seul endroit où elle puisse trouver autre chose que l'odeur de pipi de chat, les perpétuels souvenirs, de plus en plus confus, de Frau Dorsch, le commerce avec les personnages insignifiants qui depuis trop longtemps peuplent sa vie. Ce soir-là, elle est assise à une table, devant un deuxième verre d'aquavit, mais son fils ne peut pas la voir : le rideau brodé la cache.

À un moment donné, un homme tire ce rideau pour jeter un œil dans la rue et ne le referme pas. Federico recule : il a vu sa mère, mais il ne reconnaît pas son expression, son attitude. Il l'observe comme si c'était une inconnue : elle semble attentive à la conversation de ceux qui l'entourent, de temps à autre elle ébauche un sourire, elle porte à ses lèvres un petit verre de quelque chose d'incolore qui pourrait être de l'eau, brusquement elle rit, comme si quelqu'un avait dit une blague ; mais en même temps il y a quelque chose d'absent dans ses yeux :

comme si en réalité sa pensée était loin de cette table à laquelle elle prête sa présence. Bien qu'elle ne puisse pas voir ce qui se passe à l'extérieur, Federico sent qu'il doit éviter son regard et se réfugie contre le tronc d'un arbre qui le couvre de son ombre.

Il reste de longues minutes absorbé dans un spectacle sans intérêt pour d'autres. Pour lui, cette fenêtre s'est ouverte sur un aspect jusque-là simplement imaginé de la vie de sa mère, pointe de l'iceberg au-dessus des neuf dixièmes immergés dont il ignore tout et dont il a bien compris qu'elle préfère ne rien dire. Les gestes les plus spontanés, les moins ambigus, se chargent pour lui, au moment où il les découvre, de sous-entendus qu'il tente de déchiffrer. Au bout d'un moment, les rares variations du spectacle en ont épuisé la nouveauté. Federico s'éloigne de son poste d'observation. Sa mère n'a pas pu voir l'enfant curieux, debout sur le trottoir, dont les yeux noirs ont cherché dans le restaurant quelque chose d'exotique, et n'ont repéré dans son train-train qu'un seul personnage de fiction possible : sa mère.

Federico ne veut pas rentrer à la pension : l'horloge de la Tour des Anglais affiche onze heures et demie, et il pense que la nuit lui réserve encore des surprises. De l'autre côté de l'avenue, en face de la tour, l'imposante architecture de la gare répand ses lumières sur la chaussée, sur une circulation incessante, piétons et véhicules poussés par une même hâte. Il se dirige vers elle d'un pas sûr. Il se fraie un passage parmi la foule qui entre et sort sous les arcades, là où les taxis déposent et attendent leurs clients ; il n'a pas le temps d'étudier ces voyageurs aux gestes brusques, impatients ; klaxons et cris le distraient et il doit éviter les voitures qui vont dans tous les sens. Tout se passe très vite : cela lui rappelle le mouvement accéléré de ces vieux courts-métrages comiques, muets, qu'on donne parfois au Cecil en début d'après-midi, quand la copie du premier film programmé n'est pas arrivée.

Dans le hall central, tout est différent : là aussi il y a des gens bruyants, de mauvaise humeur, mais le plafond, très haut, voûté, attire son regard, tout comme les marbres et les moulures qui dominent cette agitation : décor pensé pour d'autres personnages. Très vite aussi il se rend compte qu'au milieu de cette agitation il y a des personnes immobiles : elles attendent, pense-t-il, les passagers d'un train qui va arriver, ou scrutent les panneaux placés en hauteur dont les lettres et les chiffres rotatifs indiquent le numéro du quai des trains en partance. D'autres se rassemblent autour des kiosques où l'on vend des sandwiches et des boissons gazeuses, des journaux et des revues. Parmi la foule il observe quelques soldats, de jeunes conscrits qui déambulent, le regard absent.

— Qu'est-ce que tu fais là tout seul si tard ?

La question lui arrive en même temps qu'une main lourde s'abat sur son épaule. Il lève les yeux : un homme très grand, au teint olivâtre, aux cheveux argentés, lui sourit en dépit du ton sévère sur lequel il lui a parlé. Federico ne sait que dire, mais l'inconnu n'attend pas de réponse.

— Où sont tes parents ? Tu les as perdus, ici, à la gare ?

Federico réussit à balbutier qu'il attend que sa mère ait fini son travail dans un restaurant voisin. L'homme a l'air incrédule, mais le garçon insiste. Il mentionne le nom du restaurant allemand.

— Et que fait ta mère dans un restaurant allemand ?

L'inconnu semble s'amuser de sa propre incrédulité. Il n'attend pas de réponse cette fois non plus.

— De quelle province es-tu ? De Catamarca ? De La Rioja ?

Federico répond qu'il est né à Buenos Aires, que sa mère est née à Vienne. L'homme s'accroupit, la figure à la hauteur de celle de Federico. Il maintient son emprise sur l'épaule de l'enfant.

— Allez, avoue que tu t'es enfui de chez toi. Tu es arrivé en train, et maintenant tu ne sais pas où dormir ? Ne mens pas : tu sais que je peux t'emmener passer la nuit au commissariat... – Après une pause, son ton se fait amical –. Une gare, surtout la nuit, n'est pas un endroit pour un garçon de ton âge. Il y a de mauvaises gens qui rôdent par ici..., des ivrognes, des voleurs, des dégénérés... Viens, je t'accompagne au restaurant et tu attendras que ta mère ait fini son travail.

Federico voudrait s'échapper mais la main puissante de cet homme très grand lui bloque l'épaule. Ils se dirigent lentement vers la rue.

La voix de l'inconnu se fait de plus en plus chaleureuse.

— Il n'y a pas de honte à être provincial. Tes cheveux noirs, tes yeux comme des charbons... Tu devrais te sentir fier. Tu es un Argentin authentique, pas un de ces blonds, de ces fils d'émigrants arrivés d'on ne sait où, qui se sont arrêtés près du port, prêts à fuir à tout moment...

Federico l'écoute sans bien comprendre. L'homme parle de la patrie, de traditions d'usage à l'intérieur du pays et que la capitale oublie, de racines, d'héritage du sang. Ils sont maintenant sur le trottoir, où les gens continuent à se frayer un passage en jouant des coudes, sans s'excuser, comme poussés par une force supérieure. Federico se rend compte que l'inconnu ne le conduit pas en direction du restaurant, mais vers ces gares voisines qui ne ressemblent pas à celle qu'ils ont quittée : architecture humble, à peine des hangars, d'où partent les lignes de banlieue. Il ne dit rien mais, à un moment où ils sont arrêtés pour laisser passer une voiture, il se libère de cette main qui, sûre d'elle maintenant, est moins ferme et plus affectueuse. Il fait demi-tour et court à toutes jambes en sens opposé, au-delà de la grande gare, en zigzaguant entre les voitures qui passent sans s'arrêter sur l'avenue et insultent cet enfant imprudent qui pourrait provoquer un accident. Sans regarder derrière lui, il se dirige vers l'avenue qui aboutit au paseo Colón. Sans savoir pourquoi, il devine que l'inconnu ne le poursuivra pas.

Quand sa mère arrive à la pension, des heures plus tard, elle le voit endormi comme d'habitude, jambes écartées sur ce balcon étroit qui dans quelques années sera trop petit pour lui. Cette nuit-là, Federico n'a pas besoin de faire semblant : il s'est écroulé de sommeil, et rien ne le réveillera, ni la première lueur du soleil ni la brise fraîche du matin, si ce n'est le baiser de sa mère quand elle viendra le chercher pour le petit déjeuner.

Elle se déshabille dans le noir et quelques minutes après elle dort aussi. Elle ne sait pas que dans la masse d'images chaotiques qui peuplent le sommeil de son fils figure une femme, assise à une table de restaurant, un verre d'alcool blanc à la main, qui attend de vivre des aventures romanesques très différentes de celles qu'a jadis vécues sa mère, les seules qu'un enfant dont la vision du monde a été formée par tant et tant d'après-midi au cinéma Civil et par une heure à la gare Retiro puisse concevoir.

Pour elle, le restaurant est devenu un refuge, comme le Cecil est celui de son fils. Chaque jour elle retarde un peu plus le moment de rentrer à la pension. Un soir où elle se sent plus étrangère encore que d'habitude à la conversation, elle se distrait en observant les rares clients qui sont assis devant un reste de *Strudel* ou qui laissent refroidir leur café. Parmi les hommes qui occupent la table d'un coin mal éclairé, elle croit reconnaître, à peine vieilli, le médecin idéaliste qu'elle avait admiré de loin, au camp. Ses cheveux ont maintenant une couleur qui n'est pas celle dont elle se souvient, et une moustache couvre désormais sa lèvre supérieure, si fine et si sévère : mais après l'avoir observé un moment, elle n'a plus de doute : c'est lui.

Elle le verra souvent, dans le même coin, presque toujours au milieu d'un petit groupe. Vient un soir où il reste seul après le départ des hommes qui ont partagé sa table. Il a l'air pensif devant un verre de schnaps et elle se décide à l'approcher.

— *Entschuldigen Sie, Herr Doktor...*

Un éclair de quelque chose qui pourrait être de la peur allume brièvement le regard de l'homme, mais son expression acquiert aussitôt une dureté qu'il ne semble pas facile d'émouvoir. Sans un mot, d'un mouvement de tête, il montre la chaise inoccupée en face de lui. Elle n'attend aucun salut, aucun sourire pour lui avouer très vite, en bredouillant, le souvenir ému qu'elle garde de lui, sa tristesse de ne pas avoir mérité d'occuper un poste d'assistante auprès de lui, son admiration pour les expériences qui permettaient, par une simple injection de produits chimiques dans la cornée, de changer l'iris foncé des yeux des Gitans en nuances d'un bleu grisâtre. Elle sourit en évoquant la famille de nains roumains, cet orchestre dont les numéros humoristiques, avant la guerre, avaient parcouru avec succès cirques et music-halls de Budapest à Belgrade. Le docteur les avait protégés quand ils avaient été internés dans le camp : il les avait choisis comme sujets d'étude pour vérifier, grâce à leur anomalie congénitale, les variations des lois de la génétique.

Il l'écoute en silence. Son expression ne trahit ni fierté ni rejet. Quand enfin il parle, il le fait en espagnol, un espagnol lent, appliqué, où elle retrouve intact, dans chaque intonation, un accent bavarois que les ans, la conversation avec des Allemands d'autres régions du Reich et la pratique de l'espagnol ont effacé chez le patron du restaurant ; et devant les Bavarois, elle-même n'a jamais eu honte de sa propre intonation viennoise, ce chant qu'elle n'a pu corriger malgré les imitations moqueuses de ses camarades à l'armée.

— Pardonnez-moi de vous parler en espagnol. Je comprends parfaitement l'allemand, mais je le parle mal. Seuls mes parents, que j'ai perdus il y a bien longtemps, le parlaient entre eux. Je suis ému de vous entendre évoquer avec tant d'affection, tant d'estime, ce médecin. Mais je ne suis pas la personne que vous avez cru reconnaître.

Devant l'incompréhension, la déception qu'il perçoit chez elle, l'homme juge nécessaire de continuer à parler, même s'il est évident qu'il aurait préféré que la conversation se termine là.

— Les années ont passé, pas tant que ça peut-être, mais des années qui ont été très dures pour tous ceux qui comme nous ont dû quitter leur patrie. Les gens ont non seulement changé physiquement et vieilli avant l'âge, mais la souffrance psychologique a elle aussi laissé des traces sur les visages... Qui sait si ces changements ne m'ont pas fait ressembler à ce médecin que vous avez cru reconnaître... – Il lui prend une main, la serre avec une intensité bien différente de la douceur avec laquelle il parle –. Si vous me permettez un conseil, je vous dirais de ne pas partager ces souvenirs avec des inconnus. Ce que vous estimez, à juste titre, comme des expériences scientifiques à fins humanitaires est considéré par d'autres comme des crimes, des tortures injustifiables, des actes inhumains. Je n'ai pas besoin de vous rappeler ce que vous savez certainement, ce que nous avons tous appris dans la souffrance : ce sont toujours les vainqueurs qui écrivent l'histoire. Qui sait..., un jour viendra une génération plus objective, sans les rancœurs ni les intérêts qui gouvernent encore l'opinion publique... En attendant, mieux vaut se taire.

Un long silence suit ces paroles. Elle n'ose pas parler. L'homme porte à ses lèvres la main qu'il serrait, puis il a un bref sourire, se lève et sort du restaurant.

Elle est si perturbée qu'elle voudrait trouver les mots justes pour exprimer ce qu'elle ressent ; mais elle n'est même pas sûre de ce qu'elle ressent : de la désillusion, oui, mais aussi la certitude de ne pas se tromper, le désir de partager avec quelqu'un un souvenir, une émotion, un petit morceau de ce passé qu'elle a essayé d'oublier sans y parvenir.

Elle est restée longtemps à cette table, jusqu'au

moment où le silence a commencé à lui peser. Elle n'a pas envie de rentrer à la pension et pourtant elle sent que rien ne la retient au restaurant. Elle est mal à l'aise, en dépit des manières parfaites de l'inconnu, comme si elle avait commis une faute dont la nature, cependant, lui échappe… Troublée, elle se lève et à cet instant son regard croise celui du patron : bien qu'il ait eu l'air de ne s'occuper que de sa caisse, comme tous les soirs à l'heure de la fermeture, il a suivi l'échange avec attention. Il lui adresse alors un *bis morgen* rapide, sans sourire.

Les jours suivants, elle voudra retourner au restaurant dans l'espoir de voir l'inconnu, bien qu'elle sache qu'elle n'osera plus lui parler ; mais elle a honte de s'être laissé emporter, et remet tous les soirs sa visite à plus tard. Quand finalement elle se décide, personne n'occupe la table mal éclairée du coin. C'est une chaude soirée de septembre, déjà la tiédeur de l'air annonce le printemps. Le Bavarois la salue sobrement et sans un mot lui offre son verre de Malteser Kreuz habituel. Elle le boit d'un trait et dit au revoir.

Alors qu'elle traverse la rue Maipú au coin où la place San Martín s'achève près de l'avenue Leandro Alem, une voiture passe à toute allure et la renverse sans s'arrêter.

# 4.

# Février 1977

*On n'invente pas les histoires. On en hérite.*
E. C. *Le Rufian moldave*

Le visage de sa mère n'était pas celui dont il se souvenait.

Elle ne s'était jamais laissé photographier, pas même le matin où un voisin leur avait montré, tout fier, comment fonctionnait son Polaroïd. C'était dans le parc Lezama, pour la promenade dominicale, un de ses premiers souvenirs. Quel âge pouvait-il avoir ? Cinq, six ans ? Le fonctionnement de cet appareil qui crachait immédiatement un carré de papier brillant où l'image captée surgissait peu à peu sous ses yeux, au contact de la lumière, l'avait distrait un instant des coupoles bleues de l'église orthodoxe de la rue Brasil. La photo le montrait seul, regard interrogateur dirigé vers un point hors cadre, vers cette mère qui avait évité l'objectif.

— Qu'est-ce qu'il y a, maman ? Tu es comme les Indiens ? Tu as peur que la photo te vole ton âme ? lui demanda-t-il des années plus tard, en riant, un jour où, s'étant offert un appareil photo, il voulait qu'elle pose devant la gloriette du parc.

Le visage imprimé maintenant dans un ovale d'émail, fixé à une pierre tombale comme celui de tant de Juifs enterrés dans le cimetière de La Tablada, était celui de la photo du passeport avec lequel sa mère était arrivée en Argentine, et l'on sait que sur ces photos dites d'identité, il est rare que le visage ressemble à celui de la personne qu'elles sont supposées identifier, du moins tel que ceux qui l'ont connue se la rappellent.

En revanche, Federico avait sa photo, la photo de son propre visage, parfaitement reconnaissable, sur un passeport uruguayen, avec un nom qui n'était pas celui qui avait figuré sur ses papiers d'identité argentins. Il palpa machinalement, comme il le faisait toutes les cinq minutes, la poche intérieure où il avait rangé ce passeport, une poche fermée par un bouton ; soulagé, il constata une fois de plus qu'il n'avait pas disparu.

Il ne savait pas, comment aurait-il pu le savoir, que la fuite dans laquelle il se lançait alors, précipitamment planifiée, ou improvisée sans vérifier nombre d'informations pratiques, poussé non seulement par le ressentiment, mais par une violence qu'il n'était pas encore capable de raisonner, allait être le reflet, en sens inverse, comme dans un miroir, de celle que sa mère avait entreprise trente ans plus tôt.

En sortant du cimetière, il avait attendu le 126. À cet arrêt proche du terminus, avait-il pensé, le bus ne serait pas plein et il pourrait choisir un siège à l'arrière, près de la porte de sortie : de là, il était possible de surveiller l'ensemble des voyageurs qui, lorsqu'on arriverait à l'avenue du General Paz, auraient peu à peu rempli le véhicule ; en même temps, il pouvait voir par la fenêtre si, parmi ceux qui montaient aux différents arrêts, il repérait quelqu'un de suspect. Il pouvait aussi observer les voitures qui circulaient dans le même sens : l'une d'elles pouvait avoir sa plaque d'immatriculation masquée, couper la route du bus pour permettre à ses occupants, armés, vociférants, d'y monter et de demander les papiers d'identité. Bien sûr, c'était le conducteur qui, de sa place, commandait l'ouverture de la porte arrière, mais il espérait que s'il le lui demandait sitôt le bus arrêté, quelques secondes avant l'abordage, il aurait non pas un geste de solidarité spontanée mais un simple réflexe. Il faisait aussi confiance à ses jambes pour fuir en zigzaguant pour éviter les tirs de précision.

Il repassait mentalement les étapes de l'itinéraire qu'il avait choisi. Il descendrait à l'arrêt San Juan-Jujuy, où il prendrait un taxi jusqu'à la station de bus de la place Once ; là, il achèterait un billet pour Corrientes, et à Paso de los Libres il traverserait l'Uruguay en direction du Brésil, mêlé aux masques qui encombreraient le pont, dansant et chantant en ces soirs de carnaval.

Il était onze heures du matin. À cette heure-là, la bombe devait avoir explosé.

Par moments, il se distrayait de la surveillance qu'il s'était imposée. Souriant, il se perdait dans une espèce de cinéma mental : il voyait les ruines de l'appartement, refuge transitoire, rédaction clandestine du journal de ceux qui, jusqu'à ces derniers jours, avaient été ses camarades ; il voyait aussi la perplexité des services parapoliciers et, plus encore : celle du mouvement auquel il avait cru appartenir. Pour ce dernier, l'hypothèse de la trahison ne tarderait pas à s'imposer ; pour les précédents, l'explication serait une erreur pendant la mise en place de l'explosif. S'il figurait sur la liste de ces services, son nom serait celui qui était inscrit sur les documents qu'il avait brûlés ; ses camarades, en revanche, ne seraient pas longs à lui faire payer sa trahison en communiquant à la police le nom fabriqué pour le passeport uruguayen, le document avec lequel il aurait dû se réfugier dans une province éloignée de la capitale.

Mais il suffisait qu'un véhicule dont il ne parvenait pas à voir la plaque semble coller au bus, ou que monte un passager à l'air vigilant et sur le qui-vive, pour que se dissipent hypothèses et péripéties imaginées, pour qu'une fois de plus il palpe dans sa poche intérieure le passeport qui, du moins sur un premier tronçon, devait le protéger.

Il croyait comprendre pourquoi il avait été choisi pour apporter à la table des festivités du Département central de la police un paquet enveloppé dans du papier venant d'une pâtisserie connue, couronné par une cascade de rubans dorés. Ce n'était pas seulement à cause de son aspect anodin, de son regard timide, des traits quasi enfantins que depuis l'adolescence il cachait sous une barbe épaisse et qui étaient maintenant bien rasés pour la fuite. Si l'opération échouait, s'il ne pouvait fuir avant que la bombe explose, sa vie, il s'en était rendu compte, serait tenue pour « négligeable » ; il avait entendu son chef immédiat le murmurer à une camarade.

Mais il était encore loin d'arriver aux raisons profondes de sa trahison. Il n'y arriverait peut-être jamais, si toutefois elle était motivée par des raisons, accessible par conséquent à la raison, et non une confusion d'émotions et d'impulsions à peu près inextricable.

« Négligeable »...

Le mot ne l'avait pas quitté durant les trois jours qui avaient précédé la mission, ni ce matin-là pendant sa visite d'adieu à la tombe de sa mère, et il l'entendrait malgré le ronron du moteur du bus qu'il avait pris pour Corrientes au terminus de la place Once. De là il passerait au Brésil, d'Uruguaiana il se rendrait en bus à Porto Alegre, et à l'aéroport de cette ville il prendrait un vol pour l'Europe... Mais avant, il devait arriver à Corrientes.

Un voyageur à lunettes noires éveilla ses soupçons ; il l'observa discrètement, suivit ses mouvements, essaya de le surprendre par un regard furtif, mais il n'était pas encore arrivé à la moindre conclusion quand l'homme descendit à l'arrêt Directorio, avant d'arriver à l'avenue San Juan. Plus loin, une moto renversée au coin de l'avenue Boedo, le corps inerte, ensanglanté de son pilote et l'ambulance stationnée à côté gênaient la circulation.. S'agissait-il vraiment d'un accident ? Le passeport qu'il palpait superstitieusement à tout instant était-il encore valable ? Jusqu'à quand ?

« Négligeable »...

Tout d'abord, il n'avait pas compris tout le sens de ce mot. Plus tard, une fois en Europe, il tenterait de comprendre les raisons de son geste, ou d'inventer un argument qui donne un sens à ses actes ; il sentirait alors palpiter en lui, très profondément, des humiliations et des peurs enfantines, mais à peine avait-il fait quelques pas sur ce sentier qu'il entendait de nouveau le rire de Mariana, la camarade de faculté qui l'avait amené, petit à petit, à un militantisme qui pour elle n'était qu'une aventure de plus mais qui lui semblait, à lui, lourd d'une nécessité à laquelle il obéissait sans pouvoir la comprendre pleinement.

— Qu'est-ce que tu fais convenu... Freud sera toujours le premier alibi à la portée d'un Juif de la classe moyenne.

Le chauffeur de taxi qui l'avait laissé place Once entonnait *Soy de fuego* en duo avec Raffaella Carrà ; son autoradio rudimentaire déformait la voix de la chanteuse, qui avait l'air d'un écho lointain de celle de l'homme qui la suivait. Inexplicable adhérence de la musique banale : Federico allait fredonner cette mélodie, chantonner ces paroles pendant une grande partie de son voyage.

Il regardait par la fenêtre, qui se couvrait peu à peu d'une couche de poussière fine mais tenace : le paysage de champs verts, ondulés, différent de la monotonie de la plaine, était nouveau pour lui. Il le regardait mais le voyait à peine : il était effacé par de fugitives images qui traversaient sa mémoire, des résidus de sa vie récente, des visages, des gestes, des proclamations réitérées avec une tranquillité satisfaite (« Seul le socialisme national et latino-américain garantira aux travailleurs la participation au pouvoir », « Les seuls moyens pour construire la patrie socialiste sont l'engagement armé et le militantisme révolutionnaire, chacun bien à son poste ») ou hystériquement vociférées : « Ho-ho, Ho-ho, les réacs au poteau », « Cinq pour un, il n'en restera aucun ». Dans ces alluvions de slogans qu'était devenue sa vie il n'y avait eu de place pour aucun attachement personnel, pour aucune pensée, aucun moment qui ne fût pas public. Seules avaient force de loi les directives, et toute question qui les mettrait en doute était exclue.

Il ne pourrait dire si ce fut dans la province d'Entre Ríos ou une fois entré dans celle de Corrientes qu'il vit pour la première fois, de chaque côté du chemin, de la terre rouge. Il en avait entendu parler, mais l'information avait été archivée dans une case non fréquentée de sa mémoire : Federico était un animal de la ville, tout ce qui avait trait à la nature lui était étranger, tantôt pittoresque, tantôt sinistre. Il remarqua aussi que la végétation était devenue plus dense, signe que l'interminable succession de faubourgs et de villes proches de la capitale était désormais derrière lui.

La plupart des passagers étaient descendus à Concordia, et ceux qui y étaient montés n'étaient pas assez nombreux pour occuper toutes les places libres. Aucun d'eux n'éveillait ses soupçons. Il sentit que le sommeil avait peu à peu raison de sa vigilance ; toutefois, son esprit continuait à rassembler, à battre comme des cartes les restes de son passé immédiat, qu'il examinait comme un archéologue étudie les traces d'une communauté non identifiée.

À un certain moment de son allégeance il avait discerné, chez ceux qu'il appelait encore ses camarades, que la jouissance de tuer avec la bénédiction d'une cause sans appel pouvait être plus forte que toute vision édénique d'un futur « juste et souverain », soumis par les « impératifs historiques du moment » à l'autorité purement imaginaire d'un leader moribond et de son épouse déjà morte. Obéir et faire obéir, telle était la jouissance militaire qui enflammait ces hommes jeunes et moins jeunes : pour lutter contre les forces armées qui usurpaient le pouvoir, ils imitaient leurs grades, respectaient la soumission verticale, prenaient goût à la notion de patriotisme, aussi incontestable à leurs yeux que l'idée de Révolution, idole qu'on ne mentionnait qu'en lui mettant une majuscule.

Il avait essayé, sans succès, de se laisser contaminer par cette fièvre. Pour être pleinement accepté par des camarades dont les modèles de conduite étaient des ex-séminaristes ou des élèves de collèges confessionnels, éducation que sa mère n'aurait jamais pu payer, Federico Fischbein devait démontrer son adhésion sans faille à la cause. Ces camarades étaient pourtant tout à fait amicaux dans le militantisme ; jamais il n'avait entendu dans leur bouche, par exemple, la rengaine que chantonnaient d'autres groupes : « Où sont les *faroles*, où sont-ils, à la synagogue, en train de lire Karl Marx. » Ils avaient dû lui expliquer, non sans un certain malaise, que ces *faroles*, ces réverbères incongrus qui non seulement permettaient de lire mais qui lisaient eux-mêmes, et cet auteur non moins incongru dans un temple peu accueillant au matérialisme, ne désignaient aucune lumière intellectuelle, mais les membres d'un groupe militant, uni maintenant au leur, dont le sigle était F, A et R ; le reste s'expliquait parce que le patronyme du leader fondateur se terminait en « insky ».

Mais son effort pour croire, pour s'intégrer, pour s'assimiler, n'était-il pas le même que celui de ses camarades, persuadés par de tenaces acrobaties idéologiques que le leader sénile, longtemps adulé jusqu'à ce qu'il finisse par les rejeter, vieil homme moins inaccessible que Mao, plus bénin que Pol Pot, était un légitime messie du socialisme ? Dans le socialisme national, vers l'avènement duquel s'orientait leur militantisme, ils refusaient de reconnaître la simple permutation des termes du national-socialisme.

Il revit l'expression, à la fois amicale et ironique, de Gastón, le meilleur ami de Mariana. Il ne faisait jamais allusion au mouvement autrement que par une abréviation affectueuse du mot « organisation » : l'« orga ». Sans que Federico ait pu savoir s'il s'agissait d'une preuve d'amitié ou d'un argument prosélytique, il lui avait dit, en posant une main fraternelle sur son épaule :

— Tu sais combien de *moishes* sont avec nous ? Pour l'orga, tu es un Argentin comme les autres. – Puis, laissant un sourire envahir son visage – : les finances de l'orga, ce sont les tiens qui s'en occupent…

À plusieurs reprises lors de ce voyage insomniaque, la pensée de Federico s'arrêterait sur Mariana. Il commençait à comprendre que sa fréquentation lui avait ouvert une fenêtre sur un monde inconnu. Federico ne lisait pas de romans ; il était, par conséquent, incapable de reconnaître que cette découverte va de pair avec l'attirance amoureuse, qui se produit toujours quand surgit et prend forme le sentiment du même nom.

Il l'avait entrevue à la faculté, un après-midi, ils avaient partagé avec d'autres une table de l'un des bars fréquentés par les étudiants en sociologie. Au début, elle avait attiré son attention par son langage, où surnageaient des mots érudits et vulgaires, dans un voisinage dont il n'avait jamais pu décider s'il était étudié ou indifférent ; ce n'était pas la seule contamination que pratiquait Mariana : elle était capable de citer Mao Tsé-toung et un grand couturier parisien dans la même phrase. Son carnet d'adresses avait une couverture écarlate et elle l'appelait « mon petit livre rouge », avant d'ajouter, entre deux rires : « Qu'est-ce que vous pouvez être francisés, alors… vous parlez d'un petit livre alors que chez nous tout le monde dit livret… Le français n'aime pas trop les diminutifs, contrairement à nous… » Federico avait appris un peu d'anglais lors des après-midi déjà lointains du cinéma Cecil, puis il l'avait étudié assez pour arriver, non sans effort, à le lire ; il trouvait que la connaissance du français avait quelque chose d'affecté, quelque chose de propre à un niveau social étranger au sien, pire encore : à une époque révolue.

Chez Mariana, cependant, une fois dépassé un moment initial de simple curiosité, tout ce qui chez les autres pouvait l'irriter commença à lui sembler charmant. La sympathie déclarée de sa nouvelle amie pour les luttes dans lesquelles Federico s'enrôlerait très vite ne l'empêchait pas d'ironiser sur les convictions passionnées dont se glorifiaient tant de camarades d'études. Elle ne l'empêcha pas non plus, un soir où ils assistaient à une projection clandestine de *La Bataille d'Alger*, film interdit par la censure du moment, d'appuyer sa tête sur l'épaule de Federico et de poser une main sur son genou, comme s'ils étaient dans un cinéma et non à une réunion où le film était un simple prétexte au débat, le tout à l'occasion de ce qui était censé être un séminaire illustré sur l'organisation de la guérilla urbaine. Un matin, elle s'était présentée à un examen de théorie politique la tête couverte par une *kufiya* de type palestinien, qu'elle n'avait pas ôtée avant d'avoir terminé son exposé ; ce geste avait perdu beaucoup de son impact parce qu'il avait coïncidé avec l'absence du professeur titulaire, sioniste notoire, remplacé ce jour-là par un assistant qui, désireux de protéger sa carrière académique des ouragans qu'il supposait proches, n'avait fait aucun commentaire sur cette coiffure. Mariana, à ce que crut comprendre Federico, était toujours de passage, en visite : dans ses études, dans ses idées, dans ses affections.

Endormi par le mouvement régulier du bus, il reconstruisit, les yeux fermés, le corps de Mariana. Elle était très mince mais avait des seins forts, fermes, perceptibles sous le fin tissu d'un T-shirt ou une chemise d'homme qu'elle portait avec deux, parfois trois, boutons astucieusement défaits. Elle n'était pas grande mais avait de longues jambes qu'elle couvrait, chose insolite chez une jeune fille de son âge et de son époque, avec des bas fumés ou havane qui rehaussaient leur sveltesse. Elle balançait ses longs cheveux auburn avec des mouvements que Federico imaginait spontanés, mais elle devait lui révéler plus tard que seule une coupe très étudiée permettait ces mouvements aisés qui finissaient toujours par la décoiffer élégamment. À ses yeux, tout ce qui concernait Mariana était imprégné de ce mystère léger mais tenace que la distance sociale peut conférer à une personne sans secrets.

Un soir, elle l'avait invité à dîner (elle disait « manger ») chez ses parents. Federico s'était présenté, tout intimidé, à l'appartement du Barrio Parque, mais la facilité dans les rapports, la familiarité avec lesquelles les parents de Mariana l'avaient reçu avaient très vite dissipé son malaise. C'est à table, quand le frère de Mariana les eut rejoints, qu'il put constater chez ce garçon du même âge que lui la distance entre les vêtements qu'ils portaient : le sweater uni, clair, du nouveau venu lui fit avoir honte de la matière légèrement voyante de la chemise qu'il avait choisie pour l'occasion ; son pantalon marron foncé, au pli bien repassé, lui sembla ridicule à côté des jeans usés que le frère de Mariana portait nonchalamment. Plus tard, quand ils avaient été seuls, entre un baiser et une caresse qui voulaient ménager une susceptibilité que ce conseil pouvait blesser, Mariana devait lui murmurer : « *Never brown after six* » et, à toutes fins utiles, traduire : « Ne porte jamais de marron après six heures de l'après-midi. »

Il se rappela la première fois où elle l'avait mené au lit. Les initiatives étaient toutes venues de Mariana et Federico avait obéi, étonné de sa propre docilité, de l'absence de cette impatience qui avait marqué toutes ses rencontres précédentes avec des femmes. Quand finalement ils avaient calmé leur désir, Mariana l'avait embrassé avec un sourire : « Eh bien on en a mis du temps à se connaître… »

Avec Gastón, Mariana avait un lien fraternel, d'affection, de camaraderie. Les femmes n'intéressaient pas Gastón et, loin de le cacher, il avait fait de cette condition un motif de sous-entendus et de sourires complices qu'il échangeait avec son amie.

C'est grâce à la fréquentation de Mariana que Federico avait appris que cette particularité, qu'il avait toujours jugée honteuse, pouvait justifier non pas une indifférence mais une certaine ironie partagée face aux us et coutumes.

Ce n'avait pas été la seule nouveauté qu'il allait, guidé par son amie, intégrer à son apprentissage du monde.

Si de nombreux camarades d'études étaient arrivés au militantisme par le marxisme, Federico n'avait pas été long à comprendre qu'au milieu de la confusion qui prédominait en cette période d'alliances paradoxales et de complicités précaires, Mariana l'y avait amené par un chemin moins fréquenté.

Un week-end, ses amis l'avaient invité à l'estancia d'une famille de leurs relations. En entendant son double nom, de tradition nationaliste, Federico n'avait pu s'empêcher d'éprouver une certaine appréhension ; mais la curiosité avait été plus forte et il avait accepté de les accompagner, surtout parce que l'excursion avait un but didactique : on avait aussi invité pour y donner une conférence un personnage que Federico n'avait jamais entendu nommer et dont Gastón lui avait raconté à la suite de quelles péripéties il avait débarqué en Argentine.

Pour se protéger du soleil de décembre, on avait servi l'*asado* sous l'auvent de la galerie. Les maîtres de maison, des gens nature, et d'une élégance sans affectation, avaient accueilli Federico avec la cordialité réservée à un ami de Mariana et de Gastón : au bout d'un moment, la crainte associée à leur double nom s'était évanouie, et quand il avait été présenté à l'invité d'honneur, il avait pu lui serrer la main sans hésiter : il avait devant lui un homme soigné, souriant, qui se révéla plus jeune que Federico ne l'avait pensé, pas plus de cinquante-cinq ans environ. Il tutoyait leurs hôtes et il était évident qu'ils étaient tous trois en grande confiance, ou amis de longue date. Federico observait ce personnage qui, au-delà de sa curiosité, lui avait donné l'impression de se trouver devant un témoin, et même un acteur survivant de cette histoire qu'il ne connaissait que par les livres et le cinéma. Il découvrait un individu sans traits exceptionnels : il mangeait avec plaisir les abats qui arrivaient sur la table, vidait son verre de vin régulièrement rempli. Bien élevé, il adressait alternativement la parole à chacun des invités, sans laisser un sujet d'intérêt particulier envahir la conversation.

Il s'agissait, lui avait expliqué Gastón, d'un réfugié français de l'immédiate après-guerre : ce qu'à l'époque on appelait un collaborateur. Pendant les derniers mois de la guerre, qui avaient suivi la libération de Paris, quand le maréchal Pétain et le Premier ministre Laval avaient choisi de se réfugier à Sigmaringen, ce personnage, concepteur de programmes de propagande sur Radio Paris et militant de la Légion des volontaires français contre le bolchevisme, avait, lui, choisi de prendre ses distances avec tous ces « mous » ; vêtu de l'uniforme de la Waffen-SS, et avec plusieurs compagnons d'armes, tous « purs et durs », il avait préféré se réfugier dans une station thermale du Bade-Wurtemberg où ils avaient créé une émission qui haranguait les Français – sans succès : quelques semaines à peine avaient suffi à le démontrer – en les incitant à résister à « l'occupation anglo-américaine ».

Qu'avait-il fait depuis mai 1945 ? Un rideau de brouillard, admettait Gastón, couvrait la parenthèse de trois ans entre la capitulation du Reich et son arrivée à Buenos Aires.

— On pourra l'accuser de beaucoup de choses, mais pas d'opportunisme, avait observé Mariana entre deux bâillements, tandis que la voiture de Gastón quittait la route goudronnée pour s'engager sur un chemin de terre.

La conférence avait plutôt été une conversation informelle, *une causerie* comme avait dit le maître de maison, dans un passage inopiné au français. L'invité parlait un castillan évidemment appris dans le Río de la Plata, sans trace de l'accent espagnol que Federico avait entendu chez d'autres Européens. Il avait annoncé que le sujet qu'il allait traiter serait le « retour à la terre » prôné par l'Ordre Nouveau du maréchal Pétain, et a posteriori la formation, morale et politique, d'un « homme nouveau ».

Il avait expliqué que loin d'être une idée condamnée par la défaite, moins historique que militaire, du régime de Vichy, il s'agissait de l'axe où convergeaient les grands mouvements idéologiques du siècle. Pétain avait devancé Mao et Pol Pot, qui devaient plus tard se dresser eux aussi contre la culture fausse, décadente, du monde moderne, ce monde urbain, industriel, terrain dans lequel le capitalisme plonge ses racines. Parce que le capitalisme, avec sa libre circulation des biens et des idées, avec son individualisme, était l'ennemi principal de toute idée rédemptrice, nationale et socialiste, idée dont la réalisation exige discipline et collectivisme. En France, on avait tenté le « retour à la terre » avec des armes trop civilisées, et par conséquent trop faibles ; en Chine, il était accompli, et au Cambodge il commençait à prendre effet, avec une efficacité dépourvue de sentimentalisme, brutale peut-être, mais qui serait justifiée par le cours de l'histoire.

Federico n'avait pas osé intervenir dans la discussion qui avait suivi la conférence. Il était dérouté par une analyse où cohabitaient sans heurt des notions qu'il était habitué à considérer comme irrémédiablement opposées. Gastón, en revanche, semblait absorbé dans le débat et demandait des précisions : si le conférencier avait lu Scalabrini Ortiz et s'il connaisait la possible application de ses idées à la réalité argentine, ou qui était ce Xavier Vallat qu'il citait souvent ; rien d'idéologique.

Federico avait vu que Mariana s'était retirée en douce. Il la retrouva à la cuisine, en train d'inspecter les placards avec la familiarité d'une amie de la maison.

— Trop d'anecdotes et pas assez de praxis, avait-elle décrété en remarquant la présence de Federico.

Elle avait fini par trouver une bouteille de vin rouge, avait rempli deux verres et lui en avait tendu un. Federico lui avait demandé comment était arrivé dans le pays et de quoi vivait ce personnage insolite.

— Les maîtres de maison lui ont obtenu un permis de « libre débarquement » pour qu'il puisse émigrer après la guerre. Aujourd'hui je crois qu'il est directeur de la publicité chez L'Oréal.

Comme pour arrêter cette accumulation d'images et de mots, Federico, indifférent au paysage, chercha à l'intérieur du bus de quoi se distraire. De l'autre côté de l'allée centrale un homme dormait ; il avait posé sur le siège voisin le livre qu'il lisait jusque-là. Federico pensa que la lecture pourrait l'aider et, non sans avoir murmuré quelque chose, au cas où son geste serait remarqué, il prit le livre. C'était une œuvre de fiction, genre qui ne l'avait jamais attiré, excepté les romans policiers, donnés sitôt lus ; c'était, de plus, un volume épais, dont la couverture illustrée annonçait des personnages et des décors d'un autre temps.

Il le prit au début et lut : « C'était le meilleur des temps, c'était le pire des temps, c'était l'âge du savoir, c'était l'âge de la folie, c'était l'époque de la foi, c'était l'époque de l'incrédulité, c'était la saison de la lumière, c'était la saison des ténèbres, c'était le printemps de l'espérance, c'était l'hiver du désespoir, nous avions tout devant nous, nous n'avions rien devant nous… » Il fut saisi d'un frisson qui n'était pas celui de la peur. Il referma le livre comme si un danger le guettait à chaque page.

Il essaya de se rappeler s'il connaissait des gens qui lisaient des romans. Mariana, non. Devant un étal de livres rue Corrientes, il l'avait entendue décréter que pour la fiction, il y avait le cinéma, et s'était senti flatté par cette coïncidence avec ses propres habitudes d'adolescent. Gastón, en revanche, avait un jour mentionné les romans d'une femme écrivain à succès, au nom distingué : il avait expliqué qu'il les lisait pour s'amuser, parce que l'auteur était une de ses tantes et que ce qu'elle écrivait était bon pour les imbéciles.

D'une certaine façon, sans avoir jamais analysé cette impression, Federico avait le sentiment que la lecture d'œuvres de fiction n'était pas quelque chose de sain ; il savait que certains de ses camarades lisaient Cortázar, d'autres García Márquez, et qu'il s'agissait d'écrivains « qui avaient le cœur du bon côté », mais il avait du mal à entrer dans ces mondes imaginaires, et quand il avait essayé, il avait très vite renoncé, avec une certaine irritation à cause du temps qu'il y avait consacré et de l'effort qu'il avait dû fournir. Les romans policiers lui vidaient la tête, fonction quasi hygiénique, comme ses premiers quoique tardifs accouplements avec les plus entreprenantes de ses camarades de faculté : après un premier service rapide, il les avait évitées ; quant à elles, elles n'avaient pas insisté et ne lui adressaient plus la parole.

Mais ce premier paragraphe, lu par hasard et presque distraitement, l'inquiétait. Il regarda de nouveau la couverture : *Histoire de deux villes*. Le nom de l'auteur était anglais. Comment était-il possible de soutenir des contradictions sans les résoudre, sans essayer de découvrir où est l'erreur de raisonnement, pourquoi une chose et son contraire pouvaient-elles être vraies ?

Ces questions le préoccupaient sans qu'il en ait véritablement conscience ; en même temps, il commençait à sentir d'une manière confuse, impression qu'il ne pouvait formuler, que ce qu'il venait de lire était vrai, que cela parlait de l'époque qu'il vivait, de ses propres idées et sentiments. Et d'une façon différente, qui n'avait rien à voir avec les textes lus à la faculté, et encore moins avec les séminaires clandestins, où il avait eu tant de mal à se faire admettre, sur la technique et la stratégie de la lutte armée.

Régulièrement, sans qu'il le veuille, sa pensée revenait à sa mère.

Après l'accident, Federico avait vidé la chambre où elle s'était installée provisoirement vingt ans plus tôt, pour y transporter ses livres et ses vêtements. Frau Dorsch, émotive, sénile peut-être, l'avait dispensé de loyer ; les quelques locataires qui se résignaient au papier mural auréolé d'humidité, à l'odeur désormais inexpugnable de pipi de chat, mangeaient dehors, si bien que les services de sa mère étaient devenus superflus ; une provinciale silencieuse, au regard fuyant, était chargée d'un ménage sommaire et des courses nécessaires à la propriétaire.

Federico était retourné sans joie dans la chambre qu'il avait voulu fuir dès l'adolescence. Cela avait été une décision dictée par le bon sens : elle lui permettait d'économiser le montant du loyer qu'il partageait avec un camarade de faculté pour une minuscule chambre proche de la place Once. Il avait fait cadeau à Frau Dorsch des vêtements de sa mère et de quelques ustensiles domestiques à l'utilité douteuse ; plus d'une fois, le soir, il avait fouillé les tiroirs et le fond d'une armoire en quête d'un indice du passé inconnu de cette femme qui parfois disait s'appeler Therese Feldkirch et qui, après sa mort, ne pourrait se défaire de celui de Taube Fischbein. Entre les pages de son passeport, dont il avait eu besoin pour l'acte de décès et l'enterrement, il avait trouvé une coupure de journal ; dans l'une des marges, de cette écriture indécise qu'il reconnaîtrait entre toutes, était écrit « *La Prensa*, 11 septembre 1948 ». Il l'avait lue, comme si elle avait pu cacher une révélation.

Le titre annonçait : ARRIVÉE BASSIN SUD D'UN VOILIER ITALIEN EN PROVENANCE DE TRIESTE. Le texte consignait que le voilier *Asti*, immatriculé à Venise, était arrivé à quai la veille à 14 h 30, en face du hangar numéro un. Il y avait à bord cinq passagers et neuf membres d'équipage. Le capitaine, nommé Augusto Biagini, était le seul d'entre eux à avoir annoncé sa décision de retourner en Italie ; les autres avaient déclaré leur intention de s'établir en Argentine, et attendaient pour débarquer l'autorisation de la Direction générale de l'immigration. Ils avaient embarqué à Trieste le 10 mai et avaient fait escale à Reggio Calabria, Gibraltar, Tanger, Casablanca, Las Palmas, São Vicente du Cap-Vert, Recife et Santos. Les noms des cinq passagers étaient Giulio Mirachi, Umberto de Villarini, Pasquale Zocca, Stepan Szibos et Carlo Bison ; les deux derniers noms avaient été soulignés de la main qui avait noté celui du journal et la date.

Que lui disait cette coupure banale en apparence ? Pourquoi sa mère l'avait-elle soulignée et gardée dans son passeport ? Avait-elle connu ces deux individus, avait-elle essayé d'entrer en contact avec eux, connaissait-elle quelque secret de leur passé et avait-elle espéré en tirer profit ? La possibilité que sa mère ait tenté une extorsion de fonds lui avait paru comique. Et si l'un de ces hommes était son père ?

Son imagination vagabonde le transportait dans

l'ambiance des romans policiers qu'il avait lus et dédaignés. Il avait cherché dans l'annuaire les noms soulignés, sans les trouver. Il était resté un long moment à regarder le rectangle de papier jauni avant de le froisser et de le jeter à la poubelle. Il s'était dit qu'il ne saurait jamais ce que cette coupure avait signifié pour sa mère ; il constatait simplement, une fois de plus, qu'il savait très peu de choses, presque rien, de celle qui avait été Therese Feldkirch ou Taube Fischbein.

Ce samedi soir, première nuit du carnaval, la pluie menaçait. La chaleur semblait monter des eaux paresseuses du fleuve comme une vapeur humide, poisseuse, pour s'insinuer entre les deux rangées de tribunes installées de part et d'autre de l'avenue Valle ; elle avait imbibé les guirlandes de papier crépon, qui pendaient mollement en dépit de leurs teintes vives, et attaquait les hauts personnages de carton peint à l'aérosol qui surmontaient les loges, où les couleurs menaçaient de ruisseler sur les sourires du roi Momo et de quelques-unes des figures du folklore guarani dont Federico ignorait le nom. Ces tribunes avaient commencé à se remplir dès les dernières heures de l'après-midi. Bien qu'ils ne fussent pas déguisés, leurs occupants semblaient décidés à participer aux festivités, parfois avec un simple masque ou un chapeau de fantaisie ; dans leurs mains, des sacs de confettis et des rouleaux de serpentins attendaient le moment d'être lancés.

Assis à une table de la terrasse du bar Monte Carlo, l'homme fatigué par le trajet en bus depuis Buenos Aires dégustait lentement une glace. Dans les toilettes du bar, face à une glace ternie, avec le savon synthétique d'un récipient vissé au mur, il s'était rasé à l'eau froide et avait rafraîchi son torse couvert de sueur ; puis il avait passé une chemise propre. Il avait mis sa lame de rasoir dans la poche de son pantalon, sa chemise sale avait atterri dans la poubelle : pour ne pas attirer l'attention des gardes des deux côtés de la frontière, il ne voulait pas traverser le pont avec un bagage. Sous son pantalon, dans un sac de toile très légère noué autour de sa taille, il avait rangé les dollars qu'il avait économisés sans intention précise, peut-être simplement pour parer aux dévaluations et à l'inflation endémiques du pays. Maintenant, ils serviraient à financer son arrivée à un refuge sûr.

À mesure que la lumière du ciel passait d'un bleu de plus en plus sombre au noir, les lumières de l'avenue augmentaient d'intensité, créant l'illusion théâtrale d'un jour plus lumineux que n'importe quel matin d'été : elles annonçaient l'arrivée imminente des sociétés traditionnelles de la ville, qui rivalisaient chaque année en inventions, chars allégoriques et jeunes filles à peine couvertes de plumes et de paillettes.

Federico avait à la main un masque de clown. Il avait pensé le porter accroché à son cou, pour éviter ainsi de possibles soupçons éveillés par un visage couvert et en même temps, par ce signal de participation à la fête, distraire l'attention du visage rasé et des cheveux éclaircis qui coïncidaient avec la photo de son passeport uruguayen, si les « camarades » avaient communiqué sa nouvelle identité aux services d'intelligence. Pendant le voyage, il s'était dit qu'une fois commencé le corso, il lui suffirait de se mêler à l'un des groupes qui traverseraient le fleuve vers la rive brésilienne. À peine arrivé en ville, il était allé jusqu'au pont International pour observer la position des postes de surveillance. Surpris, humilié, il avait constaté son erreur : l'Uruguay était à cet endroit-là beaucoup plus large qu'il ne l'avait imaginé. Au loin, sur la rive brésilienne, il avait remarqué deux hauts monolithes, l'un avec le drapeau bleu ciel et blanc, l'autre avec le drapeau vert et jaune. Des véhicules de toute sorte traversaient le grand pont, mais pas un passant, pas un seul groupe de gens déguisés, chantant et dansant, que ses désirs l'avaient conduit à imaginer. Abattu, il s'était dirigé vers la table du Monte Carlo.

Comme pour parachever sa défaite, il comprit aussi que les sociétés locales ne traversaient pas le fleuve. Ce qu'on appelait le corsodrome se limitait à l'avenue Valle. Du côté brésilien, Uruguaiana devait fêter le carnaval avec son propre défilé. Après un moment d'indécision il retourna à l'entrée du pont. Un instant plus tard, il vit s'avancer de la rive brésilienne un camion ouvert sur lequel chantaient à pleins poumons une trentaine de personnes de tout âge. Le camion ne fut pas arrêté par les gardes : lorsqu'il passa devant eux, ils saluèrent en souriant ces voisins qui venaient partager les festivités du Paso de los Libres. Bien que personne à ce moment-là ne fît le trajet inverse, Federico sentit renaître un timide optimisme : il attendrait que ces visiteurs et, qui sait, beaucoup d'autres qui avaient peut-être passé le pont plus tôt, rentrent à Uruguaiana. Il pourrait leur demander une place dans le camion et se mêler à eux, en payant s'il le fallait, et en essayant (comment ?) d'inspirer confiance, en évitant que sa conduite probablement insolite n'éveille la méfiance.

De retour avenue Valle, il vit venir à sa rencontre un aigle énorme, dont les ailes déployées menaçaient de frôler le public exultant des tribunes. La toile encollée était soutenue par une structure métallique, mais l'articulation était si habile que l'effet des battements de l'aigle n'était pas mécanique : il semblait suivre le rythme de la musique, s'étirer, s'élever sans parvenir à prendre son envol. Une centaine d'enfants et de jeunes filles, tous déguisés en oiseaux au plumage synthétique et aux couleurs chimiques aveuglantes, avançaient d'un pas rigoureux, cadencé, derrière cet aigle monumental. Plus loin, sans chorégraphie reconnaissable mais s'agitant au rythme de la musique, approchaient des odalisques pour la plupart adolescentes, des enfants gainés dans des tuniques qui simulaient les écailles d'un caïman, des monstres débonnaires dessinés pour quelque jeu électronique, d'humbles clowns. Quelques personnes non déguisées suivaient le défilé avec enthousiasme ; elles se déplaçaient en se tenant respectueusement sur les bords de l'avenue, sans fouler le milieu de la chaussée, réservé aux sociétés.

Federico se joignit à elles et sourit à une inconnue dont le regard avait croisé le sien.

Peu après, il la revit au bord du corso.

Il la regardait danser paresseusement. Attirante plutôt que jolie, elle avait des yeux gris et des lèvres épaisses, des cheveux longs châtain foncé. Elle n'était pas déguisée et il crut remarquer, derrière son aisance superficielle, un fond d'anxiété dans sa gaieté, un avant-goût de quelque chose de moins ordinaire. « Qu'est-ce que tu es doué pour te coller avec des névrosées... », lui avait dit un camarade dès qu'il avait été évident qu'il n'était pas insensible à Mariana, et Federico avait admis, une fois surmontée son aversion pour le terme médical, que quelque chose se déclenchait en lui quand il détectait qu'une femme n'était pas trop bien dans sa peau.

L'inconnue dansait devant Federico en le regardant dans les yeux. Régulièrement, elle s'approchait de lui jusqu'à le frôler avec ses seins, en riant, provocante, et elle en arriva même à l'embrasser comme en passant, sans attendre qu'il réponde à ce geste fugace. Ils restèrent ainsi, à se balancer face à face pendant que la musique changeait, mais non le rythme, ils échangeaient des baisers folâtres, des contacts presque involontaires, mais sans rien se dire. Il la crut brésilienne jusqu'au moment où il l'entendit parler avec un accent portègne bien caractéristique.

Elle lui dit qu'elle s'appelait Ana et lui demanda dans quel hôtel il logeait. Il répondit qu'il s'était arrêté à Paso de los Libres, et qu'il allait à

Uruguaiana. Elle sembla étonnée. C'était une « heureuse coïncidence », dit-elle : elle travaillait au Brésil, tout près d'Uruguaiana : à Alegrete. S'il voulait, il pouvait aller chez elle...

Déconcerté par l'aisance avec laquelle la fille sautait les étapes prévisibles dans une relation imprévue, Federico admit qu'il était en train de vivre quelque chose qui ressemblait à un rêve et se laissa distraire durant quelques minutes de l'urgence où il était de trouver un moyen sûr de traverser le fleuve. Durant les quelques moments qu'ils partagèrent, il trouva qu'Ana ne correspondait à aucun des modèles qu'il avait connus : elle n'exhibait pas la légèreté, l'humour ironique avec lequel Mariana parlait de ses sentiments et de ses convictions, distance ou scepticisme où il croyait discerner des attitudes propres à une classe sociale supérieure ; il ne trouvait pas non plus chez Ana cette vulgarité entachée de jargon psychanalytique, à haleine de cigarette, typique des greluches de la classe moyenne qui pullulaient à la faculté. Il se demanda si cette fille n'avait pas fumé une quelconque substance végétale de meilleure qualité que celles qu'à l'occasion, sans enthousiasme, il avait essayées.

Une heure plus tard, peut-être deux – il avait cessé de consulter sa montre –, Federico montait avec Ana dans un bus du service spécial qui traverse le fleuve pendant les nuits de carnaval. Elle lui serrait une main et, à peine fut-elle assise, blottie contre lui, qu'elle ferma les yeux. Federico mit une main sur son genou, puis passa un bras sur ses épaules et ferma les yeux lui aussi. Il repassa mentalement l'itinéraire prévu : un bus d'Uruguaiana à Porto Alegre, de là un avion jusqu'à Barcelone, avec escale à São Paulo. (Il avait décidé de sacrifier une partie de ses maigres économies pour éviter le trajet d'Uruguaiana à São Paulo en bus ; dans une agence de voyage de Paso de los Libres, on lui avait donné une information non prévue : le trajet par voie de terre durait dix-huit heures.) Il sentit contre sa joue la chaleur d'Ana, son parfum. La promesse de la nuit qui l'attendait à Alegrete était un cadeau inespéré qui le soulagerait de l'incertitude de sa fuite.

Il crut avoir dormi, mais il ne s'était peut-être passé que quelques minutes depuis qu'ils étaient partis quand le bus s'arrêta brusquement. Deux hommes armés, en civil, y montèrent ; ils en soutenaient par les bras un autre, qui semblait flotter dans ses vêtements : pâle, le regard apeuré, et la peau collée aux os au point de révéler la forme de son crâne. À l'intérieur du bus, personne n'esquissa le moindre mouvement. Le silence devint lourd. Les hommes avançaient lentement le long de l'allée centrale, en scrutant les visages des passagers ; de temps à autre ils s'arrêtaient brièvement devant quelqu'un, avant de continuer. Federico observait les trois inconnus en essayant de ne pas montrer d'inquiétude, de ne pas quitter son air somnolent, bien que le sommeil l'ait abandonné ; Ana, en revanche, les yeux fermés et le visage appuyé contre le bras de Federico, ne semblait pas s'être réveillée.

Le groupe s'arrêta devant eux. Federico leva les yeux et vit que les yeux de l'individu émacié, protégé ou menacé par les armes des deux autres – il n'aurait su dire –, étaient fixés sur le visage presque caché d'Ana. Federico n'aurait pu définir l'expression qui voilait son regard, mais c'était quelque chose de si intense, de si douloureux, que cela resterait imprimé dans sa mémoire comme si c'était à lui que ce regard s'était adressé. L'homme parla d'une voix qui semblait venir de très loin.

— Pardonne-moi, Laurita.

Les hommes armés, en revanche, parlèrent d'une voix ferme :

— Allez, mademoiselle. Ne faites pas passer un mauvais moment aux autres voyageurs.

Ana se redressa, réveillée, agile comme une sportive qui attend le moment de démarrer sa course, de faire un saut olympique, et les suivit sans un regard pour Federico. Pour elle, il avait cessé d'exister. L'homme qui l'avait reconnue pleurait. Le groupe descendit du bus et le véhicule reprit sa marche.

Durant un certain temps, Federico se rappellerait aussi qu'il n'avait pas osé regarder Ana par la fenêtre, une dernière fois.

Bien des années plus tard, c'est dans une gare que l'idée lui vint pour la première fois, et ce n'est peut-être pas un hasard s'il s'agissait d'une gare frontalière, précisément en passant du territoire français au territoire suisse, à Bâle, où les contrôles douaniers et policiers se font à un guichet à l'extrémité du quai, et où le bâtiment lui-même est divisé entre un secteur français et un secteur suisse. Elle lui vint tandis que les employés de l'immigration examinaient avec curiosité son passeport uruguayen. Capricieuse d'abord, presque une plaisanterie, elle devait insidieusement adhérer à sa pensée pour réapparaître souvent, de moins en moins plaisante.

S'il avait commencé une nouvelle vie avec un passeport fabriqué et un faux nom, la photo impossible à reconnaître de sa mère avait-elle une origine semblable ? L'hypothèse le fit d'abord sourire ; plus tard, peu à peu, elle lui inspira une obscure méfiance. Il préféra ne pas suivre cette piste, ne pas savoir, garder une précieuse parcelle d'ignorance. Mais cette pensée ne cessa pas de voleter dans son esprit pour autant.

Avec le temps, il repenserait à ses dernières années à Buenos Aires comme si ce n'était pas lui qui les avait vécues, comme si elles appartenaient à un personnage de roman. La littérature, ou plutôt la fiction, qui à un certain moment de sa jeunesse lui avait inspiré de la méfiance, de la suspicion, comme tout ce qu'il jugeait hors de sa portée, non légitimé par une utilité pratique ni justifié par l'hygiène sociale, occupait maintenant une place centrale dans son expérience.

Il se rappelait le paragraphe initial du roman lu par hasard, dans un bus qui avançait péniblement au bord d'une terre rouge comme il n'en verrait jamais plus. Puis d'autres lectures avaient suivi. En lisant les Mémoires d'un écrivain viennois, il avait appris, incrédule, que dans l'Europe antérieure à 1914, les gens pouvaient voyager sans passeport. Il avait été plus impressionné encore par *Sous les yeux de l'Occident*. Le rabat du livre précisait que ce roman avait été écrit en anglais par un marin polonais. Dans le prologue il avait lu : « La férocité et l'imbécillité d'un gouvernement autocratique qui rejette toute légalité et se fonde sur une anarchie morale absolue provoquent la réponse non moins imbécile et atroce d'un mouvement révolutionnaire purement utopique dont l'objectif est de détruire, par n'importe quel moyen, avec l'étrange conviction que la chute de toute institution devrait provoquer un changement fondamental dans les mentalités et les sentiments. »

L'imaginaire n'avait pas seulement réussi à éclairer pour lui les années confuses qu'il avait laissées derrière lui ; il lui permettait de comprendre un présent qu'il ne pouvait plus voir en noir et blanc, et qu'il se représentait maintenant avec d'innombrables et trompeuses nuances de gris, mais toujours gouverné par des mensonges non dissimulés. Et dans ce présent, Federico avait appris à se frayer un passage sans se faire d'illusions sur le personnage qu'il jouait maintenant. Des affaires, que le journalisme de ses jeunes années aurait qualifiées de troubles, et qui l'étaient moins aujourd'hui que les trafics non dissimulés du régime représentatif, le menaient d'une extrémité à l'autre de l'Europe avec des passeports de différentes nationalités où sa photo apparaissait au-dessus de noms qui n'étaient pas le sien. Avec les ans, lui qui avait été élevé hors de toute tradition, éduqué sans foi, pas même dans l'athéisme, lui qui depuis l'adolescence avait choisi pour amis, sans se le proposer, simplement par affinité d'humeur et de manières, des catholiques nés dans des familles plutôt traditionnelles, il était devenu – il dut l'admettre en riant presque – une incarnation possible d'un personnage de légende. Il connaissait son nom, mais ignorait sa trajectoire.

Ahasvérus, Cartaphilus..., le Juif errant.

Un diamantaire d'Anvers, homme aux nombreuses lectures et aux nombreux loisirs, pour lequel il avait fait quelques transports sans documents et avec qui, le temps passant, il était devenu ami, lui avait relaté quelques-unes des métamorphoses du personnage.

— Ne te laisse pas leurrer par l'histoire récente. L'antisémitisme, qui a fait des ravages en Europe au siècle passé, a été doctrinairement élaboré en France, dans la seconde moitié du XIX^e^. Et je peux t'assurer que si avant la guerre de 14 on avait demandé à n'importe quelle personne cultivée quel pays européen allait organiser et perpétrer le plus grand massacre de Juifs connu dans l'histoire, elle n'aurait pas hésité à répondre la France, et jamais l'Allemagne... Dans *La France juive* de Drumont, un pamphlet des années 1880, on trouve déjà les fondements de *Mein Kampf*... – Il s'exprimait en espagnol, un espagnol où survivaient des tours archaïques, des restes de ladino qui dénonçaient son origine séfarade –. Mais bien des siècles avant qu'il ne soit marqué comme symbole de peste, d'ignominie, le personnage du Juif errant avait déjà été thème de ballades et sujet d'estampes : dès le Moyen Âge. Son déracinement, son errance suscitaient la curiosité, et même la compassion. Plus tard, à partir de la Renaissance, d'innombrables témoins affirmaient l'avoir croisé sur différents chemins d'Europe : ce qu'on appellerait aujourd'hui légende urbaine, sauf qu'elle était rurale ; on ne le voyait jamais dans les villes, mais seulement errant sur les chemins.

Federico l'écoutait avec un intérêt inattendu. Quand son ami se livrait à ses exposés historiques ou littéraires, il n'était pas facile de le faire changer de sujet. Cette fois, cependant, Federico ne s'était pas impatienté. Il n'avait pas été trop impressionné d'apprendre que dans *Poésie et vérité* Goethe avait noté l'argument d'un poème narratif dont le Juif errant était le personnage ; en revanche, sa curiosité avait été éveillée par le fait qu'il soit apparu comme une figure noble, incarnation du progrès et rédempteur des pauvres, dans un roman populaire en feuilleton, du Français Eugène Sue : *Le Juif errant*, récit rempli de générosité romantique et d'optimisme républicain, de quarante ans antérieur, bien sûr, au volumineux pamphlet de Drumont.

— Mais c'est Drumont qui a laissé la trace la plus profonde. En Italie, vers 1920, Giovanni Papini publia une *Storia di Cristo* dans laquelle il expliquait, dix-sept ans avant que Mussolini ne promulgue les lois racistes, que les Juifs, fidèles à ce personnage sans racines converti en icône définitive de sa race, s'étaient fabriqué une patrie dans la circulation de l'argent, dans le trafic de l'insaisissable, dans ce qui n'a pas de racines. Mais oublions plutôt l'auteur de *Gog* et passons à une littérature supérieure. Tu devrais lire un peu ton compatriote, l'aveugle infaillible ; il a écrit il y a un peu plus d'un demi-siècle une nouvelle où il le présente sans le mentionner, légende pure, libérée de toute scorie idéologique... – Le diamantaire avait ri avant de conclure son laïus sur un ton moins pédant – : Et, plus près de nous, je m'avancerais à penser que notre personnage a connu sa rédemption définitive, en apparaissant comme héros romantique dans *L'Amant sans domicile fixe* de Fruterro et Lucentini...

Federico, insensible à Borges, avait en revanche promis de lire ce dernier roman. Il lisait tous les soirs, une heure ou deux avant de dormir. Et le sommeil qui suivait se peuplait d'images et d'épisodes qui glosaient librement ces lectures. Les romans policiers, rapidement consommés et rejetés dans sa jeunesse, comme on le sait, avaient cédé la place à une littérature uniquement guidée par le désir de pénétrer des domaines étrangers à sa vie, et où, cependant, il trouvait l'explication de cette dernière.

La conversation avait peuplé les moments qui avaient suivi un repas bien arrosé à la terrasse d'un restaurant de la Sint Antoniusstraat ; elle s'était prolongée le long de rues vides, silencieuses, que Federico trouvait accueillantes : Anvers était une de ces villes qu'il aimait imaginer comme siennes, pas secrètes peut-être mais cependant privées, des villes qui ne sont pas le but du tourisme massif ni assujetties à l'actualité, des villes où l'histoire avait peu à peu déposé dans des replis étrangers à toute publicité des traces de fortunes et d'infamies. C'étaient des villes qu'il avait connues pour des raisons – les désigner par ce mot le faisait sourire – « professionnelles » et auxquelles, pour ces mêmes raisons, il revenait régulièrement.

En arrivant à l'hôtel où, comme dans tant d'autres, Federico ne passerait qu'une seule nuit, le diamantaire offrit à son ami, comme corollaire de son exposé littéraire, une histoire, peut-être apocryphe, mais dont le sens semblait indiscutable.

— Tu connais la réplique du jeune garçon juif qui décide d'émigrer en Amérique au début du XXe siècle ? Dans le misérable *shtetl* de Galicie ou de Bessarabie où il est né, sa mère pleure, inconsolable. « Mon fils, pourquoi t'en vas-tu si loin ? », ne cesse-t-elle de se lamenter. Son fils, déjà loin en pensée, et peut-être avec un sens inné de la relativité, lui répond : « Loin ? Loin d'où ? »

Pour attendre le sommeil, Federico Fischbein se distrait en regardant la télévision, il passe d'une chaîne à l'autre, d'une langue à l'autre. Il s'arrête sur le programme d'une chaîne allemande : un reportage sur un photographe russe, longtemps ignoré, que l'effondrement de l'Union soviétique a propulsé vers les sphères de la reconnaissance internationale : son travail est maintenant exposé dans des galeries de New York, Amsterdam et Paris. C'est presque un vieil homme, dont le regard a gardé un éclat juvénile, malicieux. C'est lui qui a pris la photo du drapeau soviétique planté sur le toit du Reichstag, icône de la défaite du nazisme, indéfiniment reproduite un demi-siècle durant. Quand on lui dit que les copies récentes de quelques-unes de ses photos (« tirage argentique sur gélatine, signé : je les ai faits en 1995 ; sauf pour la photo du Reichstag, qui est restée entre les mains de l'armée, je ne me suis jamais séparé de mes négatifs ») se vendent des milliers de dollars dans les galeries spécialisées des États-Unis et d'Allemagne, il acquiesce avec un sourire et garde le silence. Reçoit-il un pourcentage sur ces ventes ? S'est-il résigné à ce que la célébrité n'allège pas la gêne dans laquelle il se trouve ? Y a-t-il eu d'autres genres de transaction ?

Mais l'émission ne se limite pas à cette entrevue. Les journalistes ont fait des recherches sur l'identité des soldats qui apparaissent sur la photo. Les témoignages se contredisent sans cesse : le drapeau aurait été brandi par le soldat Alexei Kovalyov, mais pour flatter Staline, on avait écrit que c'était un compatriote du leader qui le tenait, le sergent géorgien Militon Kantaria. Un républicain espagnol exilé en Union soviétique, le lieutenant de l'Armée Rouge Francisco Ripoll, s'adjuge ce rôle, mais il se trompe en évoquant les dates et mentionne celle du 30 avril, date de la prise du Reichstag, et non celle du 2 mai, déclarée par le photographe comme celle de sa reconstitution.

Un survivant, Mikhail Petrovich Minin, soldat en 1945, soutient que c'est lui qui avait trouvé l'endroit où planter le drapeau : un trou dans la couronne de la statue de bronze de Germania. D'autres noms surgissent : celui de Stepan Andreïevitch Neustroev, commandant de vingt-trois ans à l'époque, celui d'un colonel Zinchenko, celui d'un capitaine Berest, qui aurait fait attacher le drapeau à une statue de chevaux de bronze avec les ceinturons des soldats

Les témoignages s'accumulent, sont contestés jusqu'à la totale insignifiance.

Un détail surnage dans ce magma. Le négatif original a été retouché sur ordre du Commandement en chef : sur le premier tirage, les deux bras d'un personnage identifié comme le sergent Yegorov exhibent plusieurs montres-bracelets, signe éloquent du pillage auquel se livrèrent les libérateurs.

Au début du mois d'octobre, un reste de chaleur de l'été s'attardait et seule la vitesse à laquelle déclinait la lumière du soir annonçait le début de l'automne. Quelques heures à peine après être arrivé à Bâle, Federico était assis à une table de café au bord du Rhin quand revint à sa mémoire une autre table de café, au bord de l'Uruguay, et avec elle le vacarme et les masques d'une nuit de carnaval, presque trente ans plus tôt.

Dans son souvenir, les images et les mots que sa mémoire avait choisi de conserver se modifiaient sans cesse ; les impressions du moment vécu étaient altérées, enrichies peut-être, peut-être mutilées, par des expériences, des émotions et de simples idées que, telles des couches géologiques, avaient déposées sur elles les années qui le séparaient du moment évoqué. Cette distance recomposait les épisodes du passé, leur octroyait un sens imprévu : comme le montage cinématographique démêle de nouvelles significations, jamais définitives, dans les images et les mots qu'il manipule.

Son existence transhumante et les activités qui y étaient liées avaient fini par effacer le ressentiment qu'éveillait en lui, avec le recul du temps, la crédulité de sa jeunesse. Il ne se sentait plus envahi désormais de rancœur rétrospective quand il repensait au poète ivre disputant le butin d'un enlèvement, ni au militant négociant, avec un responsable de la répression, un avenir politique partagé. L'exilé professionnel ne le faisait plus rire, cet Argentin qui, profitant d'un change favorable appelé « argent doux », vivait en Europe des loyers de ses propriétés de Buenos Aires, personnage que le « retour à la démocratie » avait rendu incontournable dans les programmes de télévision, prières d'insérer et commissions d'hommage aux disparus.

Certains de ces fantoches grossiers gouvernaient aujourd'hui, vieillis, domestiqués, évocateurs loquaces d'un passé héroïque auquel ils avaient survécu sans héroïsme ; ils recevaient des prix, souriaient, l'air satisfait, dans les pages des journaux qui, trois décennies plus tôt, avaient soutenu les bourreaux de leurs camarades. Ces personnages, Federico l'avait compris, n'avaient jamais été des rêveurs, ils avaient toujours eu les deux pieds très fermement plantés dans la réalité. Ils n'avaient pas fini, comme tant de leurs amis, avec une balle dans la nuque, jetés dans une décharge de banlieue ou d'un avion dans les eaux d'un fleuve en pleine nuit· La disparition de l'incrédulité qu'il s'était imposée en des années lointaines, le respect d'idéaux rédempteurs qui ne l'avaient jamais convaincu…, tout cela lui semblait appartenir à une autre vie, et non à la sienne : à celle d'un personnage secondaire d'un roman dont il se souvenait à peine.

Qu'était devenue la fille qui disait s'appeler Ana et qu'un inconnu avait appelée Laurita ?

Il l'avait vue se livrer sans résistance à des hommes armés, en civil. Lui, paralysé par la peur, n'avait pas osé regarder par la fenêtre quand ils l'avaient fait descendre du bus. Avec le temps, pourtant, sa mémoire coupable lui avait forgé une image consolatrice, et il avait fini par croire qu'il avait bien osé regarder par la fenêtre, et ce souvenir mensonger lui montrait une Ana qui, les yeux humides, lui adressait un dernier regard avant que les autres ne la fassent monter de force dans une voiture sans plaque d'immatriculation.

(L'ignorance peut être un refuge pieux : Federico n'avait jamais su que dans la province de Corrientes, à quelques kilomètres du pont qui réunit Paso de los Libres et Uruguaiana, une estancia appelée La Polaca abritait un centre de détention de l'armée où trois cents jeunes gens avaient terminé dans l'anonymat un combat auquel ils avaient cru. Il ne savait pas non plus que Gastón et Mariana, ses amis de jeunesse, réapparaissaient en photo tous les ans dans le journal du matin qui publiait les appels à ne pas oublier ceux qu'on appelait des « disparus ».)

Il émergea lentement des souvenirs et des réflexions dont il ne parvenait jamais à se détacher tout à fait. Avec les ans, ces moments de solitude, sans dialogue, presque toujours à la fin de l'après-midi, où il laissait vaguement errer son attention sur un aspect du paysage ou un motif d'architecture, quand il ne la fixait pas sur l'allure d'un passant inconnu, ces moments où il suivait le déclin de la lumière du soir sur les toits les plus hauts, étaient devenus son seul, son fragile repos.

Il consulta sa montre, toucha avec deux doigts le passeport qu'il gardait dans une poche intérieure de sa veste, comme il l'avait fait jadis à Buenos Aires, un midi, en disant adieu pour toujours à la ville où était morte sa mère, au moment où il se lançait dans la fuite qui allait faire de lui un autre homme. Il vérifia que dans son pantalon était toujours bien attachée la ceinture dans laquelle il gardait une certaine somme (insignifiante en comparaison de celle qui serait transférée d'un compte suisse à un autre) destinée à quelques paiements symboliques dont il ne devait pas rester trace. Le lendemain après-midi, sa mission serait accomplie et il prendrait un train vers le sud : de la Suisse de langue allemande il passerait à la Suisse de langue italienne et se réveillerait à Lugano, face à un lac avec des palmiers sur ses rives et des cimes enneigées au loin.

Quelques minutes plus tard il arrivait à l'hôtel où on lui avait réservé une chambre. Sur un des côtés de la réception bilingue de l'Hôtel des Trois Rois, le Drei Könige am Rhein, l'attendaient les statues de Gaspard, Melchior et Balthazar, porteurs de présents et de souhaits de bonheur. Il s'arrêta un moment pour observer ces statues de bois. Elles avaient été peintes de couleurs vives que le temps avait atténuées ; les années avaient aussi effacé le goût discutable d'une iconographie qui lui rappelait les illustrations des couvercles de boîtes de biscuits où sa mère gardait des fils de couleurs, des morceaux de rubans, des aiguilles ; sur leur finition approximative, qui voulait leur donner une certaine patine de primitivisme, le vieillissement avait produit un effet de dignité : celle d'un artisanat modeste, suranné.

Il sourit en se rappelant que ces rois, qui selon la légende avaient été guidés à travers le désert par une étoile bienveillante jusqu'à une crèche pleine d'avenir, étaient appelés « mages » dans le pays de son enfance. Peut-être parce qu'ils déposaient un cadeau dans les souliers des enfants, pour que ces derniers l'y découvrent le matin du 6 janvier ? Dans quelques heures, au lieu de saluer la naissance du Messie, ils veilleraient pendant une nuit sur le sommeil profane de Federico Fischbein.

Avant de s'endormir, il regarda de sa fenêtre les péniches qui sillonnaient paresseusement le Rhin. Plus tôt dans l'après-midi, peu après être arrivé à Bâle, il avait fait une excursion en bateau, et il avait vu, dans les environs de la ville, les sièges imposants des firmes pharmaceutiques dont les négoces internationaux avaient enrichi les musées de la ville de quelques-uns de leurs plus précieux trésors. Il avait aussi découvert un modeste poteau surmonté par trois drapeaux rigides, en métal émaillé, planté au milieu du fleuve ; les couleurs de ces drapeaux signalaient d'un côté le territoire français ; de l'autre, le territoire allemand ; en face, le territoire suisse. L'eau coulait sans obstacle autour de lui ; on voyait naviguer quelques cargos peu importants, tandis que passaient, rapides, des bateaux de rameurs qui chantaient dans l'allemand rustique du canton.

## Loin d'où

Il se rappela une matinée de printemps, un dimanche ensoleillé dans le parc Lezama. Sa mère l'avait pris dans ses bras pour qu'il puisse boire l'eau d'une fontaine. Puis, assise sur un banc à côté de lui, elle l'avait regardé en lui caressant les cheveux, tout en chantant en allemand, dans un autre allemand, plus mélodieux. L'enfant qu'il était n'avait pas compris le sens de ces paroles. Au fil des ans et des voyages, il s'était familiarisé avec plusieurs langues, mais maintenant qu'il aurait pu les comprendre, ces paroles étaient à tout jamais perdues.

# 5.

# Décembre 2008

*Mutter, wessen*
*Hand hab ich gedrückt,*
*da ich mit deinen*
*Worten ging nach*
*Deutschland ?*

(Mère, à qui était la main que j'ai serrée, quand avec tes mots je suis allé en Allemagne ?)

PAUL CELAN, « Wolfsbohne »

Dès qu'elle vit l'homme – cinquante ans et quelques, une barbe grisonnante de trois jours sans la moindre aspiration à une quelconque coquetterie juvénile, un imperméable froissé qui semblait peser sur ses épaules, l'air fatigué, ou plutôt négligé –, elle sut qu'il entrerait, qu'il l'obligerait à retarder le moment tant attendu de fermer. Le Bistro Samowar était le seul bar ouvert à cette heure tardive dans la galerie de la gare centrale de Dresde. S'il dépense plus de dix euros, je le sers, décida-t-elle tout en répondant sans sourire à son salut.

L'homme demanda une vodka. Elle ne sut pas reconnaître son accent étranger, italien peut-être, ou roumain ; en tout cas, ce n'était pas celui d'une langue slave, elle en était sûre. Elle posa un petit verre sur le comptoir ; après l'avoir rempli elle hésita un instant et laissa la bouteille à côté.

L'homme but son verre d'un trait et le remplit de nouveau, sans la consulter. Il ne doit pas être russe, mais il boit comme s'il l'était, se dit-elle ; je crois bien que je vais pouvoir lui faire payer la bouteille. Elle n'en avait pas beaucoup et avait choisi la plus chère, une vodka finlandaise. Pour la première fois, elle sourit.

Deux Africains s'avançaient avec leurs balais à franges le long de la galerie, signe que la gare n'attendait plus de visiteurs.

— Je ne crois pas pouvoir laisser le bar ouvert à cette heure-ci, expliqua-t-elle, sans savoir très bien si ce qu'elle voulait, c'était fermer, ou simplement faire payer à l'homme la bouteille tout juste entamée.

— Quel est le problème ?

— Si l'inspecteur passe, je risque une amende.

— Ne vous en faites pas. Je la paierai.

Elle le regarda avec attention : était-il déjà ivre, ou était-ce un fanfaron ? Il continuait à parler allemand, lentement, mais sans faire de fautes :

— J'ai pris un train polonais à Cracovie, il y a eu un problème à la gare de Görlitz, je ne sais pas quoi, et il a fallu attendre un autre train pour continuer. Et maintenant j'ai raté ma correspondance pour Francfort. Il va falloir que je passe la nuit ici.

— En sortant de la gare, sur la Pragerstrasse, il y a plusieurs chaînes de nouveaux hôtels français, pas chers.

Il ne sembla pas comprendre l'insinuation. Il se servit un autre verre et d'un geste l'invita à l'accompagner. Elle hésita un instant avant d'accepter. L'homme avait tourné la tête pour observer la salle, avant d'arrêter son regard sur la fresque qui couvrait le mur opposé au comptoir : sur un ciel d'un bleu intense se découpait une église à dômes à bulbe, qui couronnait une colline dont les versants fleuris descendaient jusqu'au bord d'une rivière couleur turquoise.

— On dirait Kiev. Le monastère de Petchersk ?

— Je ne sais pas. Quand on a ouvert, le concessionnaire a amené avec lui un peintre pour décorer le bar. Tout comme il a apporté ces *mamushkas* et ces cuillères en bois peint. Il est aussi venu avec l'importateur de vodka et de bière russe, et avec la cuisinière qui prépare la *selianka* et le *kvas* maison. Je n'ai jamais revu le peintre et je ne lui ai pas demandé ce qu'il avait représenté. Le concessionnaire voulait donner du caractère à l'établissement. Il disait qu'un si petit bar au milieu de tous ces *fast-foods* avait besoin d'une atmosphère s'il voulait attirer des clients d'un autre niveau…

— Il y a beaucoup de Russes qui passent par ici ? – L'allemand de l'homme était trop correct, évidemment appris –. Quoique, aujourd'hui, je devrais distinguer entre Russes, Ukrainiens, Biélorusses...

Elle rit.

— Ne vous gênez pas pour moi. Je suis polonaise et à une époque tout ça faisait partie de la Pologne...

Le sourire de l'homme lui fit penser à un souvenir de sourire.

— On enseigne encore ça à l'école ? On montre des cartes de différentes époques, en expliquant comment les frontières d'un pays ont rétréci petit à petit ?

— Aujourd'hui ? Aucune idée. Quand j'allais à l'école il fallait sauter par-dessus les décombres pour arriver et en hiver, en classe, on nous enveloppait dans des couvertures.

Il remplit de nouveau les verres, but de nouveau le sien d'un trait.

Ils restèrent silencieux durant un moment qui leur parut long, et pourtant ils ne cherchèrent pas à parler, comme si l'évocation, même fortuite, du passé, avait réveillé des fantômes qui exigeaient le respect, imposaient silence, peut-être ceux des centaines de milliers de réfugiés de l'Est qui avaient campé à Dresde en février 1945, fuyant l'avance soviétique, tout cela pour mourir calcinés pendant les vingt-quatre heures que dura le bombardement anglo-américain, qu'aucune nécessité stratégique ne justifiait ; cadavres carbonisés parmi les ruines, destinés à la putréfaction et aux épidémies, dépouilles qu'un être cher, devant l'impossibilité de leur donner une sépulture, plaçait dans une valise pour les emmener avec lui dans sa fuite vers le sud, en quête d'un coin que les bombardements n'auraient pas touché, pour trouver pour eux un endroit sur la terre, même en terre non consacrée ; comme si maintenant ces spectres apparaissaient au milieu de l'acier et du verre de l'architecture du XXI^e siècle, en évitant le néon omniprésent de la publicité, et commençaient à glisser entre les ombres vers le centre de la vieille ville, peut-être pour constater que la fidélité au passé, ou la force irrationnelle du patriotisme, avaient reconstruit palais, théâtres et églises en respectant leur forme originelle, en récupérant parmi les ruines quelques pierres qui pouvaient avoir appartenu à la Frauenkirche pour les placer parmi les neuves, jusqu'à ce que l'église baroque soit rendue à la ville méticuleusement reproduite : comme les anciens Égyptiens, en construisant un nouveau temple, injectaient dans ses fondations quelques décombres de leurs propres temples en ruine, pour assurer de cette façon la continuité de la présence divine, tout comme au pain d'aujourd'hui sert de levure un peu de mie du pain d'hier.

Parce que les morts reviennent toujours, et que les victimes sont les morts les plus tenaces.

Durant ce moment de silence, ces fantômes furent plus réels que cette femme polonaise, soixante-cinq ans, cheveux mal teints, ongles cassés, et que cet Argentin fatigué à la fin d'un long voyage : étrangers, individus déplacés, survivants de guerres oubliées. Quand ils recommencèrent à parler, ce fut comme si ce moment de silence avait été celui d'une longue nuit de confidences. Quelque chose les avait frôlés, une présence invisible, une rafale, un souffle qu'ils n'avaient pas remarqué et que, de toute façon, ils ne savaient pas nommer. Ils progressaient maintenant sans méfiance dans un dialogue que, quelques minutes plus tôt, ils n'auraient même pas imaginé établir.

— Je voulais visiter Cracovie, disait l'homme, pour des raisons de famille. Simple curiosité. Je crois que ma mère était de là-bas. Après la guerre elle s'est installée en Argentine. Je suis né à Buenos Aires.

— Moi je n'ai jamais connu ma mère. Je suis un « accident de guerre », un parmi tant d'autres. Elle ne pouvait pas s'occuper de moi, et j'ai dans l'idée que pour elle ce bébé était peut-être le souvenir d'une humiliation, rien de plus. Je ne le lui reproche pas. Elle m'a confiée à une famille de paysans polonais, mais apparemment elle était autrichienne. Ce qu'elle faisait en Pologne, en pleine guerre, allez savoir. Ils me l'ont raconté quand j'ai eu quinze ans. Ils ne se rappelaient pas le nom de ma mère, ou peut-être qu'ils ne voulaient pas me le dire. Elle n'est jamais revenue. Elle est sans doute morte pendant la guerre. Ou avec un peu de chance elle a pu recommencer sa vie.

Quand il voulut remplir de nouveau les verres, il s'aperçut que la bouteille était vide. Elle lui en tendit une autre.

— C'est la maison qui paie.

Il fit un signe négatif de la tête et mit un billet de cent euros sur le comptoir.

— Aucune femme ne me paie mon alcool, dit il en riant mais d'une voix ferme.

— L'alcool a besoin d'une base solide. Et pour ça, vous me laissez vous inviter.

Elle choisit deux *pelmeni* qui languissaient sous une cloche de verre et les introduisit dans un four à micro-ondes. Deux minutes plus tard, une sonnerie annonça qu'ils étaient revenus à la vie.

Ils mangeaient en silence quand l'homme, comme s'il obéissait à une impulsion subite, inexplicable, annonça, l'air surpris de ses propres mots :

— Ma mère était juive. – Après un silence, il ajouta – : Elle n'a jamais voulu parler de ce qu'elle avait vécu avant d'arriver en Argentine. J'ai dit que je croyais qu'elle venait de Cracovie, mais à vrai dire je ne sais pas d'où elle était. Tout ce que je sais, c'est qu'elle s'est trouvée à quatre-vingts kilomètres de Cracovie, à Oswiecim…

Il fit une pause avant de traduire, guidé une fois de plus par une impulsion qu'il n'aurait pu expliquer, ce nom qui en allemand se chargeait de résonances qui n'avaient pas contaminé la version polonaise.

— À Auschwitz…, murmura-t-il. Et comme pour adoucir le possible impact du mot il se hâta d'ajouter – : C'est tout ce que je sais de sa vie avant l'Argentine. Et qu'elle a survécu avec un seul objectif : partir le plus loin possible de la Pologne.

Il vida de nouveau son verre de vodka et resta muet. Elle l'étudia avant de parler.

— Vous n'aviez pas besoin de me le raconter. Je n'ai rien contre les Juifs. Je ne les aime pas, c'est tout. Et je n'aime pas non plus parler de choses du passé, elles n'ont plus de sens. Après ça, on en a tué d'autres, dans d'autres camps. Et aujourd'hui on tue encore. Ce ne sont pas les mêmes qui tuent et ce ne sont pas les mêmes qui meurent. Ne me demandez pas où, je ne regarde plus la télévision. Je répète : vous n'aviez pas besoin de me le dire. – Comme pour excuser sa franchise, elle leva son verre et trinqua avec l'homme –. À l'avenir, dit-elle.

Il sourit.

— Je vois que vous êtes optimiste. Nous ne sommes plus jeunes.

— Je ne suis pas optimiste, vous pouvez en être sûr. Il y a une chanson polonaise qui dit : « Aujourd'hui je vais plus mal qu'hier, mais mieux que demain. »

Ils rirent et finirent ensemble la deuxième bouteille.

Les portes coulissantes de la gare laissèrent entrer une rafale glacée où flottaient des aiguilles de neige : l'homme, après avoir fait un geste en guise de salut en s'éloignant, était sorti du bar. Il avait laissé sur le comptoir la monnaie de ses cent euros, que la femme rangea dans la poche de son tablier en répondant par un sourire discret à la silhouette qui se perdait au milieu de la nuit, de plus en plus petite sous les cercles de néon de la rue. Elle la regarda jusqu'à ce qu'elle ne puisse plus la distinguer derrière les vitres embuées de l'entrée.

Dans la gare seules restaient allumées les petites ampoules colorées du gigantesque arbre de Noël du hall central. Elle prit dans une armoire une paire de snow-boots et un lourd manteau à capuchon, éteignit la lumière, baissa le rideau métallique. Il était l'heure d'aller au lit.

# NOTE

La citation d'*Histoire de deux villes* de Dickens de la page 151, ainsi que celle de *Sous les yeux de l'Occident* de Conrad de la page 166 ont été traduites d'après les propres traductions de l'auteur.

TABLE

*Cet ouvrage a été imprimé*
*par CPI Firmin Didot*
*Mesnil-sur-l'Estrée*
*pour le compte des Éditions Grasset*
*en juillet 2011*

Composé par IGS-CP à L'Isle-d'Espagnac (16)

Dépôt légal : août 2011
N° d'édition : 16807 – N° d'impression : 106581
*Imprimé en France*